黑夜来袭

黑桃皇后/著

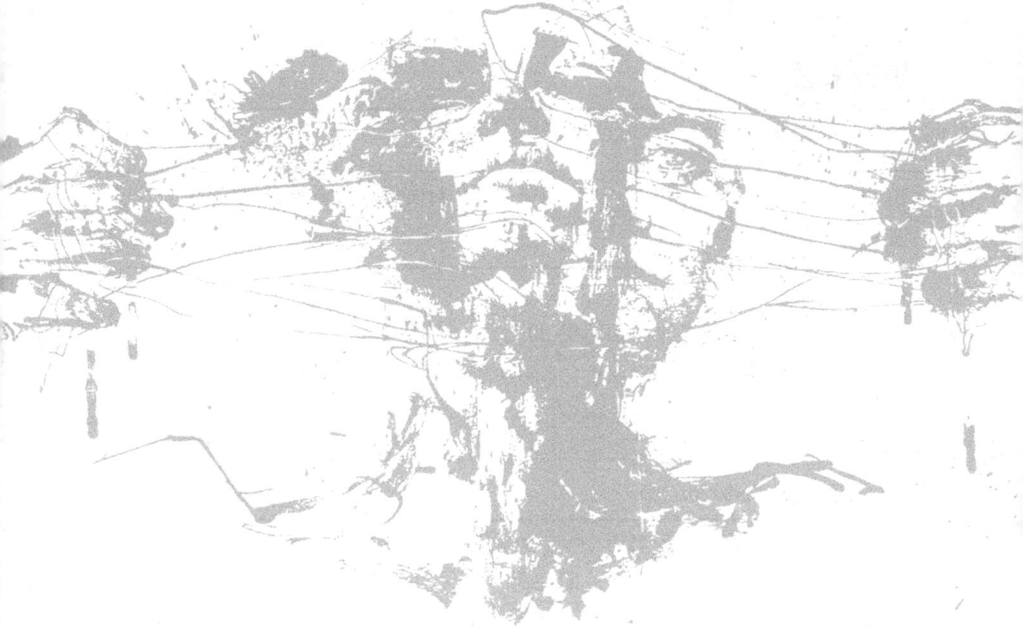

When the Dark Falls

台海出版社

图书在版编目（CIP）数据

黑夜来袭 / 黑桃皇后著. — 北京：台海出版社，2023.6
　ISBN 978-7-5168-3535-7

　Ⅰ．①黑… Ⅱ．①黑… Ⅲ．①推理小说－中国－当代 Ⅳ．① I247.5

中国国家版本馆CIP数据核字（2023）第061164号

黑夜来袭

著　　者：黑桃皇后	
出 版 人：蔡　旭	封面设计：天行云翼
责任编辑：王　萍	

出版发行：台海出版社	
地　　址：北京市东城区景山东街20号	邮政编码：100009
电　　话：010-64041652（发行、邮购）	
传　　真：010-84045799（总编室）	
网　　址：www.taimeng.org.cn/thcbs/default.htm	
E - mail：thcbs@126.com	

经　　销：全国各地新华书店	
印　　刷：凯德印刷（天津）有限公司	

本书如有破损、缺页、装订错误，请与本社联系调换

开　　本：880毫米×1230毫米	1/32
字　　数：240千字	印　　张：10.25
版　　次：2023年6月第1版	印　　次：2023年6月第1次印刷
书　　号：ISBN 978-7-5168-3535-7	

定　　价：49.80元

版权所有　翻印必究

楔子 /1

第一章　一群困兽 /11

第二章　不速之客 /23

第三章　意外来电 /37

第四章　都市传说 /49

第五章　畏罪潜逃 /61

第六章　黑夜来袭 /73

第七章　悲伤往事 /85

第八章　在恐惧中 /97

第九章　笑脸男子 /109

第十章　目击者说 /121

第十一章　心理专家 /135

第十二章　特异少年 /147

第十三章　不知所终 /159

第十四章　恐怖幻影 /171

第十五章　确有其人 /183

第十六章　记忆深处 /195

第十七章　连环杀手 /205

第十八章　死亡真相 /217

第十九章　筹划复仇 /229

第二十章　人各有罪 /241

第二十一章　晓风残月 /253

第二十二章　黑暗尽头 /265

第二十三章　恶魔天性 /277

第二十四章　阴森笑声 /289

第二十五章　老宅秘道 /299

第二十六章　往事随风 /311

楔子

1998年11月15日，深秋之夜，略显凛冽。正值晚上七点半，矗立在江畔的豪华住宅楼灯火点点，与江中波光粼粼的水光交相辉映。

这栋楼是本市早期数栋高级酒店式公寓之一，住客非富即贵。大厦共有四十八层，第三十层是最佳观景点，尤其是3010室，不高不矮、朝向最佳，站在落地窗前，可以将两岸江景一览无遗。

此时，3010室的等离子彩电上正在播放电视节目。这台电视属于新产品，是追赶潮流的女主人好不容易才买到的，当然高达数万元的价格让绝大多数家庭无法承受。

不过对于女主人来说无所谓，她又不是普通人。

她走的每一步，貌似漫不经心，却都是经过精心策划。此时此刻，她手捧一杯热气腾腾的咖啡，站在三十层的落地窗前远眺江景，巨大的窗玻璃反射出她的样貌。

她当然谈不上漂亮，但很会收拾自己。长长的波浪卷发披散在肩头，一套名牌天鹅绒粉色家居服恰如其分地勾勒出她身材的曲线，简直犹如时尚杂志中的名媛。

不知是觉得江景美，还是赞扬自己的容貌出众，总之她面朝窗户微微地笑了。

广告过后，电视节目中突然穿插了一段采访。

有个面部打着马赛克的女人面对镜头显得局促不安，底下介绍写着：目击者，严小姐。

"就是在前几天，我下班回家路上看见的。大约是傍晚六点半，就在松花北路和漠河路交界处，那里还有条很小很小的马路，叫青平路。我沿着青平路往北走，那天天色很暗，我隐约看到前方有个男人，手里拖着一个四五岁的小孩。那小孩好像很不情愿走，几乎在地上拖行。

"他们走得很慢，我一会就已经和男人并行。他大概听到脚步声，向着我转过身子，天哪！"

女人的声音在发抖，"他的脸上画了很浓很厚的油彩，嘴巴上涂着厚厚的鲜艳口红。他放大了唇形，口红沿着嘴角一直延续到腮边，就像是一个小丑！"

紧接着，镜头切换到另外一个女人，她的脸部同样被打上马赛克，底下介绍称：目击者，郑小姐。

"是的，是的，我也看到了。他真的很恐怖，眼影深得就像是两只黑洞！他对着我咧嘴笑，牙齿又白又尖！"

镜头再次切换，第三个女人慌里慌张地说道："那个小孩，小孩很不正常。大概是四五岁吧，可能还会小一点。他像是被迷晕了，昏昏沉沉，一条腿耷拉在地上被男人拖着走。"

最后镜头定格在几个失声痛哭的男女身上，底下打出一行字幕：受害者父母。

"我的孩子啊！"

女人们哭声一片，一个男人冲到镜头前吼道："笑脸男，你这个变态狂！"

采访结束，节目片头播放之后，电视机里传来女主持人清亮的声音：

"欢迎收看《都市追击》，我是你们的朋友苏柳。本期追击内容是时下热门话题——都市传说'笑脸男'，首先向大家介绍，今日嘉宾——著名心理专家顾翼云老师！"

听到"顾翼云"三个字，女主人立马转过身来。镜头里的心理专家身穿烟灰色套装，长卷发用简洁的发圈束起，脸上挂着些微笑容，整体状态既专业又时尚。

她审视着电视里的自己，良久，终于露出满意的神色，随后将自己埋在沙发里，饶有兴趣地观赏这档收视率极高的电视新闻周刊。

顾翼云用心理医生招牌式的笑容对着电视屏幕前的观众点头示意。

苏柳开门见山地说道：

"各位观众，坊间流传，近日本市出现了一个怪异的男子，他身穿白色工作服，脸上浓墨重彩，尤其是双唇涂着厚重的唇妆，看起来就像是一个马戏团里的小丑。"

对，小丑，所以应该叫小丑男才对，何必取"笑脸男"这么一个貌似温和无害的称呼呢？

顾翼云抿了一口有点变冷的咖啡，入口嫌苦，不由得皱了皱眉头。

就在大约半年前，本市开始流传一个被称为"笑脸男"的都市传说。目击者言之凿凿，在城市里造成了不小的恐慌。

据目击者说，笑脸男一般出现在某个黄昏的偏僻街道上，他身穿白色罩衫，走路很是缓慢。他通常会带着一个四五岁的小孩，有男有女，这些小孩都似吃了安眠药一般昏沉，步伐沉重，几乎是被男人拖着走。

男人的脸惨白惨白，像是刚刚涂完颜料的墙壁，眼影紫得发黑，愈发衬托眼白，他的嘴巴涂着厚厚的口红，加厚了嘴唇的厚度，而嘴角上的弧线一直延续到双颊，看起来就像是一个小丑对观众露出讨好似的微笑。

在都市传说出现后不久，本市发生了一起幼童失踪事件。那名幼童年仅五岁，他的班主任目睹他被笑脸男带走，从此下落不明。

1998年时，网络很不发达，即使如此，这件事发酵速度也远超人们的想象。整座城市人心惶惶，还有家长冲到市政府门前请愿，要求尽快抓到可怕的笑脸男。

其间，警方也在目击者发现笑脸男的地点进行调查取证，还在可能会出现的地方伏击，可惜此人过于神出鬼没，除了目击者的叙述在人群中流传之外，居然毫无真凭实据。

"身为人母，我也很关心这个事件。很多观众来电推测，认为笑脸男可能是人贩子集团用来混淆视听的，不知道顾老师怎么看呢？"

屏幕上的顾翼云微微一笑,她似乎想要掠一掠头发,突然想起自己的长发已经被束起,于是若无其事地轻轻将手放在膝盖。

"我认为这件事与人贩子集团没有关系。"她的音调并不高,但是坚决有力,"人贩子集团最重要的目的是拐走小孩,获取利益。他们可以采用更为隐蔽和巧妙的手段,没有必要如此引人注目。所以从我的角度来看,所谓笑脸男,应该属于'独狼'式的行为,他想要报复社会。"

豪宅女主人深陷在真皮沙发中,咖啡已经被她随意摆放在茶几上,她微微皱起眉头,盯着电视里的自己。

不过,她并不是在反思刚才的论断,而是觉得束起长发,略显脸蛋圆润,这无疑会影响到容貌的精致度。唉,又不是第一次上电视了,怎么还是这样粗心大意呢?

"报复社会?"主持人苏柳侧了侧脑袋,"可是他针对的都是幼儿呢。"

"没错。"顾翼云胸有成竹,侃侃而谈,"首先,笑脸男脸上涂着厚厚的油彩,这样做的原因不仅仅是为了隐藏本来的面貌,最重要的一点是为了掩饰他的胆小和怯弱。不知道大家有没有注意到,他刻意突出唇彩,像一个小丑般咧开嘴,这是为了什么?这正是一种讨好!"

苏柳做出恍然大悟状:"没错,如果仅仅是为了隐藏面目,随便戴个面具就可以了,没有必要这样麻烦。"

顾翼云淡淡一笑:"其次,我发现目前所有的目击者都是女性。这可以被视作笑脸男刻意在女性面前现身，但是他又并非在恐吓女性，相反，他牵着一个幼童，冲着女性微笑，这显然是一种示好。那么问题来了，这个成年男子为什么要向女性示好呢？"

苏柳试探着回答："难道因为他是一个精神失常者，曾经被女性抛弃过？"

"能做出笑脸男这种行为的人，无疑患有严重的人格障碍。但是大家再想一想，如果想要讨好女性，为什么要带着一个孩子呢？"

此时节目中插播了一段提神饮料的广告，那个光鲜亮丽的女主角正是顾翼云。她伏案疾书，随后放下手中的水笔，拿起一罐饮料一饮而尽，随后对着镜头展露笑颜："力与美，给我精力与美丽。"

豪宅女主人的视线转向门口随意堆放的一箱"力与美"提神饮料，品牌商对代言人无偿提供无限量的相关饮品，不过她怎么会真的喝这种莫名其妙的饮料呢，要吃也吃血燕呀。

女主人嫌弃地瞥了一眼那箱饮料，正想着次日钟点工过来打扫卫生的时候，不如作为福利送给她好了。

广告结束，苏柳微笑道："欢迎回到《城市追击》，我是你们的朋友苏柳。让我们继续讨论都市传说——笑脸男。刚才经过著名心理专家顾翼云老师的分析，大家心中是否对笑脸男的真身有了自己的判断呢？我的心中倒是有个疑问，正如顾老师所说，如果这个男人是一个对异性举止失常的精神病患者，他又为何一定要带着一个小孩呢？"

顾翼云解释道："那是因为他知道可以用小孩来加深女性对自己的好感。会产生这种想法的人，极大的概率，他曾经有过婚姻。我敢大胆地揣测，笑脸男是一名失婚男子，他可能还有个孩子。失去妻子对他的打击很大，导致他精神异常。于是，他用油彩掩饰内心的怯弱，画出笑脸，带着小孩接近独行女性。"

苏柳疑惑地说道："顾老师，按照你的推断，你认为笑脸男的危险度如何？"

"相当危险！虽然目前只有一名孩子失踪，可是我可以确定，这仅是一个开端，如果我们不想办法采取行动，不仅这名男童处境堪忧，以后还会有别的孩子受到伤害！

"人的精神状态是间歇性的，在他异常的时候，他画上油彩、拐走孩子，但是当他恢复神智的时候，他会如何处理小孩？这个值得我们深思！"

"原来顾老师认为，拐走孩子是异常，处理孩子反而是正常的举动？"

顾翼云微微皱眉，似在责怪主持人，"苏小姐，你这种不负责任的论断会引起观众的误解。"

"啊，抱歉。"

"他在发病时不由自主做出一些行为，在神智恢复时就想要补救。但是人逃不脱的弱点就是自私和胆怯，当他认为自己无法逃脱拐带小孩的罪责时，采取的方式很有可能很极端。从另一个方面来说，我认为，小孩认识他也说不定。"

苏柳咋舌道："小孩认识他？"

顾翼云淡淡说道："目击者都说，笑脸男身穿白色工作服。大家仔细想想，什么单位会有白色工作服呢？食堂？园丁？或者是幼儿园从业人员？"

半个小时的节目，顾翼云为观众勾勒出笑脸男的基本特征：三十多岁、失婚男子，可能有一个年幼的孩子，平时在需要穿着白色工作服的地方上班。由于他能轻而易举地拐走小孩，很有可能是幼儿园从业人员。

她关掉电视，起身为自己倒上一杯红酒。对于自己在节目中的表现，除了发型之外，她非常满意。刚才主持人苏柳发来短信，说她分析笑脸男的桥段，创下节目收视率之新高，制作人连说要和顾翼云签约，让她成为这档节目的常驻嘉宾。

这只是第一步，下周她的心理咨询工作室就要正式开张，借着"笑脸男"事件，她将在一大堆只会纠缠于男女之事的心理分析师中脱颖而出。她美丽、时尚、沉着又专业，远胜那些只会说"冰冻三尺非一日之寒"或"压垮骆驼的最后一根稻草"之类废话的咨询师。

是的，我会红，我一定会红。

顾翼云凝望着远方水天一色的江景，仰脖将红酒一饮而尽。她的心中充满自信与豪情，至于笑脸男究竟是个什么东西，她早就抛之脑后。

第一章　一群困兽

"列车马上就要进站了,本次列车终点站开元路,请到嘉和新城的乘客等候下一班列车。"

这是轨道交通三号线,铁道高悬在半空,时不时有列车飞驰而过。站台半露天,为避寒暑,左右各有一个约莫十个座位的候车室。

正是深秋季节,晚高峰时寒风凛冽,不过十来平方米的玻璃候车室挤进了数十个人,听到广播里传来播报声,这群人又呼啦啦地挤了出去,只留下一个身穿校服的女孩呆呆地坐在最靠里的一个位子。

她大约十五六岁,制服整洁漂亮,胸前绣着"正风"两个字。正风高中算是本市首屈一指的名牌中学,他们的校服不参与全市统一订制,而是自行设计。可以说在中学生的社交圈里,身穿正风高中的校服,就犹如大牌奢侈品一般。

而大人们,若是谁家里出了一个正风高中的学子,就算是面对领导上司,气焰都高了几分。

"列车马上就要进站了,本次列车终点站开元路,请到嘉和新城的乘客等候下一班列车。"

这种地铁播报偶尔会重复一到两次,提醒候车者做好准备。远处,隐约传来列车的呼啸声,少女猛然站了起来,如梦初醒般推开玻璃门,走上站台。

她的书包还留在原先的座位上，她的脚步有些蹒跚，有些虚浮。随着列车开始进站，她蓦地越走越快，到最后几乎是在飞奔。她一口气奔到站台的最前方，硬生生地挤进屏蔽门，涌身跳进轨道。

巨龙般的列车瞬间将少女碾得粉碎，候车的乘客顿时乱成一团。

"我的女儿思思就这样死了。"

说完这句话，中年女人顿时掩面而泣，肩膀剧烈地抽动，情绪波动极大。四十五岁的心理专家顾翼云缓步走到她的身后，轻轻拍了拍她的肩头，以示安慰。

围圈而坐的有六个人，中年女子对面是一个二十岁左右的女孩子，她听到后，禁不住睁大了双眼，露出惊骇之色。

这是一个空旷的教室，地板擦拭得一尘不染，几乎可以鉴人。六张椅子围成一圈，位于教室最中央的位置。一旁靠墙放着一台音响和插着数朵百合花的花瓶，教室门口贴着顾翼云的名字，底下写着：心理互助会。

这是著名心理专家顾翼云在五年前创建的一个心理创伤互相帮助团体，成员基本都是她的病人。这些成员在经过一定的治疗后，每隔一段时间就会聚在一起分享自己走出阴霾的心得体会。

按照顾翼云的说法，如果病人能向别人如常叙述自己内心最为痛苦的事件，那么心理疾病就康复了一大半。

她还为每个心理互助小组取了一个花朵的名字，现在这个小组就叫作"百合花小组"。每当这个小组成员相聚的时候，教室里就会摆放百合花。若是"向日葵小组"呢，摆放的就是向日葵。

中年女人低泣了一会，随后抬头说道："我看过现场的监控，没有人胁迫她，思思真的是自杀的。我不懂，我一点儿都不懂，她为什么要自杀呢？为什么要用这种惨烈的方式自杀呢？"

她缓缓从衣领里取出一条纯银鸡心项链，凄然地说道："你们知道吗？这条项链就躺在血泊之中，这是我送给思思考上名牌高中的礼物。"

大约是项链的来源过于血腥，顾翼云不易察觉地皱了皱眉头，将自己与女人拉开了一段距离。

"天哪，慈悦姐。你要节哀顺变。"对面的女孩子说道。

女人点点头，她将项链重新塞进衣领，深深吸了一口气说道："这已经是一年前发生的事了。经过顾老师的开解，我真的好了很多。只是我始终不明白，思思为什么要去寻死呢？"

"我家也有一个十八岁的儿子。"一个年龄和女子差不多的中年男人开口道，"进入青春期之后，我和他的关系就不太好。有时，我根本不知道他闷在房间里做些什么。和他说话，十句当中，他能回复一句就很不错了。似乎在他眼里，我除了供应他生存所需，毫无价值。"

顾翼云微笑道:"青春期的确是家长与小孩相处的一个重要时刻。严女士,有时候小朋友的想法很难琢磨,他们有他们的处世之道,他们的价值观未必与成人世界相同。这种事,说不清对错。悲剧已经发生,你所能做的就是正视它,抛弃它,远离它。"

这时,外面传来敲门声,随后一个二十多岁的女子走了进来,轻声提醒道:"顾老师,有您的电话。"

顾翼云下意识摸了下口袋,却摸了个空。她这才想起,每次参加互助会,为了免于打扰,她都会将手提电话放在办公室。

"我出去接个电话,大家可以先聊聊。本来呢,这种互助会不该有我在场。大家打开心扉、畅所欲言,只要将情绪尽情发泄,一切都会往好的方向转变。相信我。"

说完这些话,她对在场的几个人点点头,快步走出教室。

舒缓的音乐在室内流淌,严慈悦的情绪逐渐得到平复。她脸上的泪痕已干,四十多岁的女人看起来颇具老态,尤其是鬓边白发点点,很是沧桑。

"不好意思,要大家听我说那么可怕的事。"

那名中年男子说道:"不,完全不是。你千万不要自责,有时候,孩子的心事,我们做家长的很难去猜测。"

严慈悦苦笑道:"不是。我们家思思比较特殊,我是个单亲妈妈。所以,或许相比于高老师你,我需要付出很多耐心和技巧才能赢得孩子的认可。可惜,我做得不好。"

"不是的。"

男人摇头道:"我的孩子,他一出生就没了妈妈,所以,我们也是单亲。"

现场安静了下来,另外三人都不到三十,无法体会家有青春期孩子的压力。严慈悦倾诉的事件过于残酷,为了化解这种沉重的气氛,之前那个二十岁左右的女孩子说道:"与慈悦姐相比,我的事情不值一提。"

冯欣今年二十一岁,在一家少年宫担任舞蹈老师,专门指导少儿舞蹈。她可爱又专业,对待小朋友十分耐心,深受家长好评。

在十八岁之前,她一直在接受专业训练。她的梦想是站在世界的舞台上,最起码,也要成为本市芭蕾舞团的首席。

可就在老师挑选她参加世界级的比赛时,她竟然遭遇车祸,左腿骨折,经过三个月的休养,她不仅失去了参赛的机会,还增重十斤。

梦想尚未开始,便宣告夭折。

之后,冯欣积极减肥恢复训练,只可惜受伤的左腿再难做出高难度动作,多少总有点儿不协调。普通人看来优美绝伦的舞姿,在专业评审眼里都是瑕疵。

在奋斗了三年之后,冯欣彻底放弃了梦想,在少年宫当了一名舞蹈老师。

"其实,在发生车祸之后,我就已经心生怯意。那是对命运的胆怯，虽然医生一直说我恢复得很好，可我总觉得左腿隐隐作痛。"

冯欣是典型的舞蹈家身材，身体异常修长纤细，尤其是天鹅般的脖子。可惜她的脸色憔悴，深深的黑眼圈暴露了她的身心疲倦。

"我总是睡不好，总是觉得腿很痛，总是心烦意乱，总是觉得以后会有更可怕的遭遇在等着我。"

她一连说了几个"总是"，语气一次比一次重，说完之后，她深深吁了一口气，如释重负。

"不过，在接受心理治疗之后，尤其是认识各位以后，我觉得一切都在往好的方向发展。"

冯欣展露出笑颜，她明明是个很可爱的女孩子，嘴角边还有浅浅的梨涡。

"不知道大家关心娱乐新闻吗？最近娱乐公司正在招募女子天团成员，我通过了海选。"冯欣抑制不住笑意，"下周三就要进行复赛，如果通过就会有经纪公司与我签约培训。我想，我又有机会做一名专业舞者了。"

一名坐在严慈悦身边，身材清瘦的青年男子问道："女子天团海选？是不是模仿某个日本团体，准备选十四名女孩子组团出道的那个？哇，恭喜你啊！这个海选很受关注呢，预祝你成功！"

冯欣甜甜一笑，"谢谢你，若松。"

她带来的好消息为这个团体注入一支强心针，其余几个人都不由自主地坐直了身体，就连严慈悦那张紧绷的脸也渐渐松弛。

"与各位相比，我算是个很无用的人。"

说话的就是刚才祝贺冯欣的男子。他今年二十七岁，在一家计算机网络公司担任程序员，年薪约三十五万。

林若松的生活很平坦，算得上是一帆风顺，唯一能称得上是挫折的，不过是高考没有进入自己心仪的大学。他的第一志愿是去本市排名第一的申江大学念生命科学，结果发挥失常，只能进入一所二类院校学计算机软件开发。

虽说这所二类院校排名不佳，计算机专业倒是他们的特色，在同类级别的院校中，他们算是录取分数最高的。

毕业后，林若松顺利找到程序员的工作，其间跳槽一次，来到这所知名网络公司上班。他的薪水对初级程序员来说，并不算低，何况他只是刚刚入职不久。正常来说，这家公司的程序员在入职满三年后，都会得到一笔股份的赠予。

当然，薪水高意味着工作强度和压力巨大。

这家公司的程序员基本都是名校毕业，如林若松这般出身一般院校的当然也有，但数量上少之又少。入职半年来，林若松总觉得心头忐忑。

"工作我自然能胜任，可是，我总听到同事们说我坏话。"林若松手抚着心口，"他们瞧不起我，就算他们嘴巴上不说，我也能清楚听到他们的心声。甚至，我觉得他们在偷偷商议，准备找人来取代我。"

冯欣咋舌道："那些普通同事怎么找人来取代你啊？"

"我不知道。"林若松坦诚说道，"所以我才觉得我必须来看医生。否则影响到我的工作生活，那就得不偿失了。"

"你这个是臆想吧！"

坐在冯欣身边，一直没有说话的青年男子开口道。他的年纪和林若松差不多大，身形也颇为相似，迥异的是两人的神情。林若松总是满脸愁容，身上散发着一股哀怨之气；他正好相反，表情讥诮，一副看不起别人的样子。

"嗯，我觉得你说的没错。"林若松倒也不生气，"所以我才来看病，希望顾老师能帮到我。"

"你呢，周瀚？"严慈悦问道，"你觉得好点儿了吗？"

周瀚冷笑道："我？要不是我家里人逼着我来，我才没空来这种地方呢！总说我暴躁，还说我有狂躁症，真是笑死人了。看不惯别人还不准我说了？"

其余四人面面相觑，来到心理咨询室的人各有各的苦楚，各有各的情绪病，如周瀚这样因家里人的强烈要求才过来的人也不在少数。他那强硬的外表下，隐约流露着慌张，仿佛粗暴只是他的掩饰，用来遮挡内心的真实想法。

外面又传来轻轻的叩门声，随后之前那名女子推门而入。严慈悦来的次数最多，认得她是顾翼云的助理余美琪。

余美琪给她的第一感觉就是漂亮，只是永远面无表情，说话语气虽然温和,行为举止就像是一个木头人一般。有时她想,那些科幻电影里的人造人,大约就是这副模样。

"各位,今天的时间到了。不知道各位有没有感觉好点呢?下周'百合花小组'还有一次分享会,到时候时间确定后我会通知大家。"

她的声音好听,脸上也挂着微笑,但看在严慈悦眼里,总有种说不清的别扭,嘴角的弧度也很做作,就像是刻意咧开嘴。

"不一定要通知我的,我未必会来。"周瀚没好气地起身,第一个离开教室。

余美琪微笑不语,就在众人纷纷路过她身边时,她突然叫住了那个中年男人。

"高风亮先生,顾老师让我提醒你不要忘记明天下午两点钟的预约。"

男人停了停脚步,背对着余美琪点点头,随后加快步伐,越过众人而去。严慈悦忽然想到,今天只有高风亮什么都没说。

第二章　不速之客

第一章　不应之言

当高凤亮再次恢复意识的时候，首先映入眼帘的是余美琪那张美丽却毫无生气的脸。

"高老师，你醒过来就好啦！生命可贵，无论如何不该走到轻生这一步啊！"

她的声音轻柔，言辞恳切，但是毫无半点感情，就像是一个机器人在复述指令一般。

高凤亮闭了闭眼睛，他觉得很累，脑袋空空，费了好大劲他才认出面前的女子，随后视线越过她的肩头，愕然发现严慈悦、林若松、冯欣、周瀚等人居然也在，各人的目光与他相接，均流露出复杂的情绪。

今天是互助会成员分享心得的日子，他们在教室久候高凤亮不至，余美琪却接到医院来电。

原来高凤亮在小区附近的河道跳河自杀了，他并未携带任何证明身份的证件，不过医院在他风衣口袋里发现了一张顾翼云的名片，于是打电话来通知。

顾翼云说是还有病人等候，便让余美琪过来看看情况。剩下的四人虽然与高凤亮不算熟悉，但都是心理疾病患者，几乎每个人都有过自杀的念头。如今高凤亮跳河，他们不免有物伤其类之感。

"是啊，高老师。"严慈悦凑上前，她的长相和美丽完全不沾边,愁苦的神情让她比实际年龄看起来还要老上好几岁,但是她说话和缓、性子温婉。此时从她的脸上倒是焕发出一种异样的柔美来。

高风亮投河乃是一时冲动,如今在鬼门关走了一遭,他只觉得心有余悸。河水的冰冷刺骨、灌入口鼻时的窒息以及刺激到大脑神经时的痛楚,每一样都让他仿佛做了一场身临其境的噩梦。

死,他是再也不想了。

"麻烦你们了。"声音嘶哑又难听,高风亮自己都吃了一惊,想要再多说几句话,却连喘气都觉得费劲。

"高老师,我问过医生了。"余美琪说道,"你没有大碍,只要休息几天就可以出院了。刚才我们过来的路上,若松提议本周末大家一起去沉园镇住几天散散心,你看可好?"

林若松笑嘻嘻地挤过来说道:"是呀,我和父母去过几次沉园镇,真的是古色古香,保留了当初江南水乡的原汁原味呢!我还认识那里的一家民宿老板,他人很好,说我们六个人去,算是团体价。"

周瀚哼了一声,"什么团体价,这只是做生意的一种手段!"

林若松倒也不介意,笑道:"高老师,我们一起去吧,就算是为冯欣庆祝一下好吗?她这次顺利通过复赛,下周就要和经纪公司签约了呢!"

说到这里，冯欣有点羞赧地点点头："以前我一直觉得自己运气不好，还总是钻牛角尖，不然也不至于要来顾老师这里看病。不过在我参加互助会之后，尤其是认识了大家以后，我真的觉得自己心态有了很大的变化，就像是真正转了运一样。高老师，我想把我的喜悦与大家分享。"

"欣欣说的没错。"严慈悦露出难得的笑容，她是真心为冯欣高兴，"我们这个互助会，不仅要分担痛苦，更重要的是要分享喜悦。高老师，周末一起去吧，好吗？"

沉园镇。

高凤亮的目光缓缓移向窗外，今天阴雨绵绵。

前往沉园镇的路上，依旧是细雨蒙蒙。仔细想来，这种潮湿阴冷的天气已经维持了一周有余。11月的下午天色异常昏暗，公路旁的河流缓缓地流进沉园镇，依稀可以看到河流两岸的红灯笼随风而动。

沉园镇是江南最为有名的水乡古镇之一，也是国家5A级景区，因豪族沉家而得名。镇如泽国，四面环水，周围往来若无桥梁，便是依靠舟楫。昔日古镇居民都依河而居，桥街相连，真是小桥流水人家。

镇分东西两个部分，东面是市井老街，西面则是沉氏故居，沉园是古镇上的主要景点之一，即使站在门外，高达三米的影壁也可映入眼帘，壁上雕刻凤凰牡丹，寓意富贵吉祥。

高墙环绕、楼宇森严，西南角还有一座沉家主人捐造的佛寺，寺庙虽然早年焚毁，但是古塔犹在，可见当年沉氏一族之隆盛。

林若松先一步与民宿老板会面，周瀚负责开车。高风亮坐在副驾驶座上，透过后视镜，他可以看到后排严慈悦昏昏欲睡、毫无精神的脸。

严慈悦的年纪与他差不多，脸上总是浮现出一股哀愁的神情，有时笑也像哭。

高风亮凝视了她半晌，直到她似有察觉，他才将视线转向车窗外。

要是妻子没有死，今年也应该是四十七岁了吧？他闭了闭眼睛，妻子的容貌和严慈悦重叠在一起，他想起在那次可怕的事件之后，原本活泼外向的妻子，脸上时常浮现的就是如严慈悦现在这般愁苦的表情。

他抬头望着阴惨惨的天，心想晚上会下大雨吗？这个天气多么像十九年前的那一天，也是从下午开始就是如此阴沉，每当他回忆起来，就如同是一场噩梦。

"飘萍。"他情不自禁地低声叫了出来，身旁的周瀚微微有点惊讶。

"嗯？高老师？你在说什么？"

高风亮顿时惊觉，他收起杂乱的思绪，只见前方百米处是挂有"沉园镇"三个龙飞凤舞大字的牌坊，另有一条红色长幅高悬，上面写着：沉园镇欢迎你。

红色长幅经过风吹雨淋，布料破损、色泽暗淡，显得死气沉沉。

入口处有个售票亭,林若松与一个身材高大的男子站在那里向众人挥手。门票售价一百五十元,但如果是在镇中订了民宿,便可以优惠一百元,仅需要支付剩余的五十元即可。

万缜今年二十六岁,在镇上经营一家叫作"晓风残月"的民宿,他本是原住民,民宿即是根据自己的老宅所改。

在万缜的指引下,众人将汽车停放在停车场后,步行来到沉园镇老街。民宿就位于老街上,左边是一家米糕铺子,右边贩卖甜甜的桂花糯米酒。进门便是客堂,也是招呼住客登记的大堂。

客堂靠墙摆放着一张八仙桌,三张条凳围绕,桌上放着陶瓷茶具。客堂往里是一条狭窄又幽深的走廊,尽头居然还有个亲水平台,平台上筑有凉亭,一排古雅的雕栏拦住了通往河道的石阶。

凉亭飞檐上悬挂着红灯笼,一艘乌篷船在河道缓缓而行,几个乘客好奇地四处张望,还有个女孩子拿起相机,对准凉亭拍了一张照片。

"今天虽然是周末,但到底是淡季,游客少。"万缜带着诸人参观,微笑道,"我们这家客栈小本经营,本来也就八间客房,从我父母辈起就将这间老宅改造做了民宿。唉,真是没出息。"

"这倒是。"周瀚说话素来不去理会别人的心情,想到什么就说什么,"老板,我看你年纪很轻,怎么没想着出去闯闯呢?守着这么一家客栈,一个月能赚多少?"

万缜也不生气,"的确没多少,不过这里风景优美、生活悠闲,就算是让我提前进入养老阶段吧!"

余美琪淡淡说道:"每个人对生活都有不同定义,并不是说升官发财才是人生的唯一要旨。"

"到底是心理咨询师的助手。"周瀚嗤之以鼻,"刚才那一瞬间,我还当是顾老师来了呢!"

"晓风残月"是一栋又高又窄的楼,共有三层,除却一楼接待客人之外,其余两层均有四间卧室,每一间都布置成清末民初的民居样式,正如林若松所形容的那样,相当古色古香。

周瀚率先抢了二楼靠东边的卧室,那里正是亲水平台上方,是景观最好的一间屋子。

"今天下雨,空气很潮湿。你们这种木质房子最怕潮了,你除虫之类的举措做好了没有呀?"周瀚将行李扔在地上,整个人大剌剌地往垂着纱幔的架子床上一躺。

万缜微笑道:"那是肯定,我们的客栈在网上评价很好,是以干净整洁著称呢。"

"哪家客栈老板不是这么说?"周瀚呵呵一笑,"最后还不是臭虫满床爬。"

这句话让三位女士皱起了眉头。跟在万缜身后帮忙的服务员江年不服气地争辩道:"先生,这你可不能胡说八道,每一位客人走后，我们服务员都仔细消毒房间。我们客栈虽小，但是服务一点都不差。"

几人一一分配了房间，这栋楼本就是普通民居，每间屋子不过十来平方米，大概是经过改造的缘故，楼道狭小，面对面的房间仅有一步之遥。高风亮住在周瀚的对门，严慈悦与冯欣住在二楼靠西边老街的两间客房。

三楼给人的感觉更为逼仄，可能以前只是一个阁楼，即使经过改良，那股压抑的感觉始终挥之不去。林若松与余美琪住在三楼，分别是在高风亮与周瀚的楼上。

"反正今天也不会有其他客人了，我和若松很谈得来，大家都是若松的朋友，今晚我请大家在亲水平台吃烤肉如何？"万缜笑道，"我已经盼咐江年准备了新鲜的牛羊肉，还有烤肠和鸡翅膀，有人喜欢吃烤菌菇和烤韭菜吗？我让他去菜场再买点。"

冯欣首先响应，她与余美琪初次见她时已经迥然不同，当时她是如此颓丧，仿佛头顶阴霾密布，是一朵行走的乌云。余美琪注意到她的左腕上还有数道深浅不一的伤口，按照她自己的说法，在确认自己无法成为一名专业舞者之后，她曾经无数次起过自杀的念头，但最终因为惧怕疼痛而作罢。

嗯，疼痛。余美琪心想，疼痛应该是劝诫人们切勿自杀的最后一道屏障吧？听顾翼云说过，有相当一部分人在实施自杀后，因太过疼痛而寻求帮助。

如今，冯欣手腕上的伤痕渐淡，她心理上的伤痕也在痊愈中。果然呢，走一次狗屎运胜过心理咨询师千言万语。

推开窗户，河道景观一览无遗，对面是一家茶楼，临水悬挂了一排红色灯笼，水波微漾，泛起一阵阵红色涟漪。

细密的雨丝扑面而来，轻轻打湿了余美琪的头发，并且带来一阵寒意。

不过余美琪并不介意，反而深深吸了一口气。两年来，她第一次品味到"放轻松"的滋味。

顾翼云是著名心理咨询师，二十年前，年仅二十五岁的她因在电视节目上分析都市传说"笑脸男"，帮助警方成功锁定犯罪嫌疑人而一举成名。当然，至今她不免如大多数心理咨询师一般，顾客中以失婚妇女居多，大多数时候只是一名婚姻调解员。

作为顾翼云的助理，余美琪非常忙碌，两年来连轴转，就连节假日也经常加班，平日里时不时还要为顾翼云处理个人事务。有时她在组织病人互助会的时候禁不住会想，或许自己也需要可以倾诉、排解压力的途径。

六点整，众人聚在亲水平台上的凉亭里。万缜将烧烤工具一一摆出，食材很是丰盛，从海鲜、肉类到蔬菜应有尽有。冯欣帮着忙进忙出，她的脸上焕发着二十岁女孩应有的烂漫笑容。

夜幕低垂，两岸的红灯笼更加醒目。茶馆里远远地传来各种喧嚣，可能是被风吹散得远了，让人听不真切，反而有种别样的宁静。

依旧是绵绵小雨，高风亮坐在凉亭一隅，呆呆看着雨夜，想到今日被自己撇下，独自留在市区家里的儿子，心中一阵凄凉。

要是妻子仍旧活着，儿子还会不会与自己如此疏远？

可是，如果那个雨夜，自己不是心存侥幸，而是冒雨前去等候妻子的话，妻子不会遭受这么大的折磨，她是受了多大的苦啊！

烤肉的香气弥漫，冯欣与万缜言谈甚欢，已经完全不似一度需要求助心理咨询师的病人。高风亮看在眼里，心生一丝羡慕。他转而望向严慈悦，她与自己一样，面朝河流，她的眼睛充满着心事。

我们和欣欣不同，我与慈悦的心结，永生无法解开。即使死亡，也无法释怀。

高风亮在心中悲叹，不过他再也不敢尝试死亡，他从靠着河道的一边，转而坐向另外一边，这泛起微澜的河流让他感到恐惧。有些事只有亲身经历，才会矢志难忘，就算是死亡，也是如此。

经过那次投河，他才明白死亡有多恐怖，妻子有多无助。

肉在烧烤架上发出滋滋的响声，令人馋涎欲滴的气味传来，腹中发出"咕噜"一声，高风亮不由得苦笑，不论内心多悲苦，肉体总会适时地提醒自己吃饭睡觉。没办法，这就是人生。

万缜将先烤好的一部分肉和菌菇放进托盘,第一份就率先分给了高风亮。

"先给女士们吧!"高风亮推辞道。

"人人有份!"

万缜将食物分配给众人之后,顾不上自己吃,又在烧烤架上抹油,准备开始烤海鲜和蔬菜。

"老板,我来吧!"江年乖巧地接过烤肉叉,递上了一罐啤酒。

"要是明天不下雨就好了,我还想四处逛逛呢!"冯欣只吃了一只鸡翅膀,剩下的肉类几乎全部塞给了林若松,她拿着叉子在菌菇蔬菜中翻来翻去,马上就要和经纪公司签约出道,她生怕身材有一丁点儿的不完美。

"对了,听说镇上沉氏捐造的佛塔是为了镇压一只厉鬼,是不是真的呀?"林若松对食物来者不拒,转眼已经有几条烤肠、一块牛排下肚。望着他甚为瘦削的身形,冯欣艳羡不已。

万缜笑了笑,"厉鬼?都是网络上道听途说的吧?不过我倒是知道古镇上,有一个杀人魔转世的传说。"

这句话引起众人的好奇心,就连坐在远处的严慈悦也凑了过来。

"据说是在2000年的时候……"

万缜一句话未说完,客堂传来了说话声。负责留在前台接待客人的女服务员赵梦问道:"请问你是住店吗?你一个人吗?"

"我找人。"

略显急促的脚步声之后,一个人走过昏暗的走廊,来到亲水平台。

"爸爸,你怎么扔下我,一个人来这里潇洒?"

一个十七八岁的少年倚靠在门廊边,他双手插在裤袋里,嘴角微微扬起,带着一丝嘲讽。他个子大约有一米八,清秀而瘦长,只是双眉斜飞,眼睛眯起,有点乖张。

第三章　意外来电

第三章 意外来事

"美朱，现在天亮了吗？还在下雨吗？"

余美朱接到堂姐余美琪电话的时候，正是下午三点半，她站在便利店门外，望着阴雨绵绵。

随着便利商店门前感应器一声响，同事方程捧着两杯热咖啡走了出来，抬头看了眼天气，说道："嗯，雨势转小了。都下了一个多礼拜的雨了，这个天阴冷潮湿，真是难受。"

"堂姐，现在当然还在下雨啊，你去哪里了？爸妈让你过来吃饭。"

电话那头发出嗞嗞的噪声，似乎信号不太好。余美琪的声音模模糊糊，她的语速很快，余美朱只听清了几个字："沉园镇，晓风残月。"

旋即电话断了线，再回拨过去是毫无感情的标准女声："对不起，您所拨打的电话暂时无法接通。"

莫名其妙的来电，一度让余美朱怀疑堂姐是否昏了头，否则明明是下午三点，即使天气阴沉，也不至于特意打来电话，就为了那么一句"天亮了吗"。

天亮很久了，再过两个小时，天都要暗了。

"正在想郑星宇的事吗？"

五分钟之前，两人正准备拜访客户，突然雨势变大，于是站在便利店门口躲雨，顺便喝杯咖啡提神。

"你知道晓风残月是什么吗？"

方程歪着脑袋想了想，"是不是一首词？杨柳岸，晓风残月。"

余美朱苦笑，"我想，应该不是。"

在她的认识里，堂姐虽然美丽，却永远冷漠，她的脸很难看出明显的情绪变化，秀美的脸蛋有如雕塑般精雕细琢，缺乏一种真实感。听父母说，自从大伯父去世后，余美琪的身上就失去了生气。

这样的堂姐，不像是会莫名来电，就为了吟诵一句词。

"发生什么事了吗？"

"我的堂姐，从上周五晚上开始就联系不到她，刚才来了个奇怪的电话，居然问我现在是不是天亮。"

方程哑然失笑道："你堂姐是个成年人，或许有私事需要处理。知道打个电话来，至少她不会像郑星宇小朋友那样失踪吧！"

"但愿如此。不过我堂姐为人古板，并不是那种随性的人。所以这个电话，我觉得很奇怪。"

与客户约定的时间将至，雨势渐小，逐渐转为淅淅沥沥的小雨。这家便利店就在客户居住的小区边上，步行不过五分钟路程。

这是一个中高档小区，门禁很严，进小区需要刷卡，来到大楼外又是电子门禁。方程耐住性子，再次按下1902，对讲机里传来沙沙的杂音,随后大门打开了。

这栋楼是一梯两户的户型,出电梯后左拐可见一扇贴着硕大Hello Kitty贴画的朱红色防盗门,两个人料想这便是郑星宇的家。

果然,开门的是一位四十岁左右的女子。她明明长相富贵,但是表情很是惊惶。她警惕地打量着两人,直到方程开口道:"是郑太太吗?我们是锦绣商务咨询事务所的,这是我们的名片。"

女子松了口气,她接过名片,将两人迎进屋子。

四室二厅的公寓装潢考究,客厅超过二十五平方米,还有一个装饰性的壁炉。今日虽然天色昏暗,但在水晶吊灯的映照下,整个客厅熠熠生辉。

余美朱环顾四周,心想郑家主人是一家跨国公司的中高层,年收入超过八十万,难怪郑星宇失踪后,警方第一反应就是绑架。

"如果不是朋友介绍,我想象不到商务咨询公司还会承接私家侦探的工作。"

郑太太端来两杯红茶,她双手修长白嫩,指甲显然经常护理,涂着鲜艳的指甲油,还有一颗颗水钻点缀。

余美朱注意到她的右手食指上掉了一枚水钻,连同黏胶带下一点指甲油,这在其余四指中显得特别明显。不过郑太太素面朝天,就连头发都是胡乱绑了个马尾,后脑留着很长一束没有扎进去,可见内心之焦急。

"我们也谈不上是私家侦探。其实也就是应客户提出的需求，扩展一些调查工作的范围。"方程含糊其辞，他今年三十岁，大学毕业后就在这家事务所上班至今，可以算是元老之一。

"郑太太，现在警方那边是什么情况？"余美朱问道。

郑太太右手抚着额头，嘶哑着声音说道："说是还在调查中，可是已经一个多星期了，一点进展都没有！只有她爸爸还那么镇定，居然照常上班！我想着多一个人出力，就多一分早日找到星宇的希望，你们说是不是？"

"是，我们一定尽力而为。"方程拿出工作手机准备开始录音，"郑太太，麻烦你把事件仔细说给我们听。"

郑太太深深皱起眉头，保持着抚额的姿势，闭上了眼睛。良久，她才低声说道："那一天，真的像做梦一样，我心爱的星宇，就这样失踪了。"

郑星宇小朋友今年七岁，刚上小学一年级。郑先生算是行业内的翘楚，因此他对这个女儿要求很高。郑星宇还在念幼儿园的时候，闲暇时至少要上八种内容不同的补习班，每天的学习时间精确到分钟。

郑太太负责接送，女儿上课的时候，她就出去逛逛，喝杯咖啡，做做美甲，倒也自得其乐。

一周之前，也就是11月12日，按照惯例，郑太太在下午三点四十分接走郑星宇后，会在学校附近的一家咖啡店吃点简单的点心。大约五点钟，她会驱车数公里将郑星宇送去某个围棋班。

经过一年多的学习，郑星宇的围棋水平在业余选手中已经很不错，郑先生打算让她在今年12月参加初段考试，因此接下来的几堂课都很重要。

学校附近的咖啡店规模不大，装饰得很用心，极有小资情调。有时郑星宇下课晚了，郑太太就会选择在此处小憩，因此她与店员颇为相熟。

"星宇想要吃蛋糕，我让她自己去玻璃柜前挑选一块。平时我们几乎每隔一两天就要去一次这家咖啡馆，所以星宇熟门熟路。我就低头拨弄了会儿手机。"郑太太缓缓流下两行眼泪，眼中充满着悔恨。

余美朱与方程对望一眼，事实上，每年总有多起发生在孩子身上的不幸事故，导致疏忽大意的重要原因之一就是手机。

"我回复了几条微信留言，突然发现过去了五分钟，星宇还没有回来。"郑太太越哭越伤心，"我在想，蛋糕的品种有那么多吗？一转头，发现星宇并不在玻璃柜前。而由于并不是忙碌的时间段，当时只有两名店员，一名在做咖啡、一名负责点单，没人看到星宇去了哪里。"

方程从茶几上的纸巾盒里抽出一张纸巾递给她，冷静地问道："请问咖啡馆的名字是？"

"转角遇到爱，就在距离市一小学不远处。"

"一般咖啡馆会有监控录像，小朋友进出应该有记录吧？"

郑太太抽泣着将纸巾握成一团，"我第一时间奔出咖啡馆，在周围寻找。店员也帮着我找，后来还调取了监控，可是只录到星宇蹦跳着走去玻璃柜的画面，短短几分钟，她就像是人间蒸发了。"

"监控照不到店铺入口吗？"

郑太太微微摇头："不，照得到。监控里有我带着星宇走进咖啡店的画面，但是并没有录下星宇离开的画面。那家咖啡店在厨房这里有一道后门，平时进货都走这道门，但是当时这道门是上了锁的，而且发现星宇不见了之后，也有店员在店内找过，并没有发现她。"

"后门这里有监控吗？"

"并没有。"

方程沉思道："警方有没有调查过店员的背景？是否存在店员诱拐小朋友的可能？"

"当时警方就怀疑是店员勾结匪徒绑架星宇，但是我们足足等了三天，都没有绑匪联络过我们。可是如果说是人口拐卖，相对来说星宇的年龄也太大了一些，她都七岁了，什么事都懂了，还能当别人家的小孩吗？"

郑太太絮絮叨叨地排除这个可能又排除那个可能，像是在为自己辩护，可是说到最后，她双手掩住了面孔，浑身抽搐。

"是我的错，都是我的错。朋友圈就那么好看吗？我一天不看手机会死吗？"她喃喃自语，陷入自责，好不容易才稳定了情绪，对着两人露出苦涩的笑。

"对不起，我一想到当天的情况，我就想去死。孩子的爸爸说的没错，我怎么不去死呢？"

方程大约是见多了情绪激动的委托人，他沉稳地劝解道："郑太太，我们会尽力寻找小朋友的下落，还请你务必保持冷静，这样才能更好地协助我们。"

郑太太止住了眼泪，点点头。

方程问郑太太要了几张郑星宇的照片，以及平时的生活轨迹。与警方的想法一样，排除绑架案之后，方程也更倾向于犯人带走小朋友的目的是出于对大人的报复。

因此，他又询问了不少关于郑先生的工作、社交的事，只是他发现郑太太身为全职主妇，她实际上很不了解丈夫，许多事都是一问三不知。

她是真不知道，还是刻意隐瞒？余美朱觉得很可疑，总觉得郑太太所说有很多不尽不实之处，但是她流露出的感情却又不似作伪。

余美朱的目光落在壁炉上的相片上，那是一家三口在江南水乡的合影。他们站在一座石头小桥上，远方一艘乌篷船缓缓驶来，河道两岸的红灯笼随风而动。小桥的一头应该是一座酒家，红色的招牌上有"水乡人家"四个字。

相片里郑星宇和郑太太的笑容都很灿烂，郑先生则一脸严肃，可见他平时也是个不苟言笑的人。

郑太太说道:"这是今年开学前,我们带星宇去了一次沉园镇。她很喜欢这种江南古镇,说寒假还要去一次。"

她又开始呜咽,"不知道还有没有机会去。"

沉园镇。

余美朱想到刚才那个没头没脑的古怪电话,以她对余美琪的了解,总觉得这不可能是个无意义的玩笑。

两人离开郑家,汽车停在相隔一条街的商场地下停车场。余美朱跟在方程的身后,她走得很慢,低头边走边看手机,突然说道:

"晓风残月是一家客栈。"

"什么?"

"从这里开车到沉园镇大约要多久?"

方程愣了下:"现在还没到堵车的高峰时间段,顺利的话大概一个半小时到两个小时吧。怎么?你现在想要去?"

余美朱拉开车门坐了进去,"没错,就当作出去散散心吧!"

"那怎么行?"方程表示反对,"我们明天就要开始调查郑星宇失踪案,我不建议这样长途跋涉。"

"也不算很长途吧?四个小时就可以来回,我就去看看那家客栈究竟是怎么回事,最多半个小时,现在是四点四十分。"余美朱低头看着手腕上那块防水夜光运动手表,"也就是说我们差不多十点钟就可以回到市区。"

方程看了一眼身边的女孩子,余美朱今年二十二岁,刚刚从本市一所二类大学计算机专业毕业。她不愿意当一名上班时间"996"的程序员,倒是对商务咨询工作饶有兴趣。

"好吧,不过你真的只能看看而已,不可以影响本职工作。"

今天虽然依旧是阴雨连绵,但是路况却是出乎意料的好。汽车下了高架后沿着申沈公路一路向西,一个小时四十分钟后,远远地就可以看见"沉园镇欢迎你"的红色长幅。不知今日算是什么好日子,路边的树上还被绑上了各种五颜六色的灯泡,一闪一闪,与地面上的积水交相辉映。

因为已经是傍晚六点多,进镇的门票降至七十五元一张。下雨兼工作日的缘故,游客寥寥。根据网上找到的地图,两人来到老街,很容易就找到了"晓风残月"。

只见这是一栋三层木楼,应该曾经是民居,外表古朴,大门紧紧关着。余美朱轻轻一推,却是推之不动,应该是上了锁。

她将手机调成手电筒模式向屋内照去,隐约可见一楼是一间客堂,被布置成前台的模样,还有一张八仙桌摆放在一侧。

"你们是谁?想要干什么?"

隔壁米酒铺一名女子边嗑着瓜子,边用狐疑的眼神看着两人。

"哦,我们是游客。这家民宿在网上评价不错,所以才慕名而来。不过好像来得不巧。"方程到底经验老到,立刻打消了女子的疑虑。

"嗯，说来我也好像有好几天没有见到老板出现了。"女子往地上吐了一口瓜子壳，"平时都有服务员值班的呀。对了，你们要不要买一瓶桂花糯米酒，很好喝的。"

余美朱开始拨打余美琪的电话，这次电话很快接通了，但依旧充斥着噪声，说话声很不真切。

"姐，你到底在哪里？"

"我……"

"我就在晓风残月的店门口，你在哪里？"

"那你进来呀，快点进来！"

余美朱没好气道："我怎么进来啊？"

电话里余美琪的声音很焦急，"当然是推门进来啊，我就在门口等你啊！"

推门？余美朱顾不上隔壁女子，再次伸手狠狠推了把大门，手掌击打木门，发出很大的声响。

房门纹丝不动，而她手中的电话，突然断了线，再也打不通。

第四章 都市传说

第四章 城市住宅

大约是在1997年的某个江南古镇上,有一对高中生情侣,当时两人在读高中二年级,是同班同学。两人的恋情瞒着家长和老师,但古镇就这么点地方,很难不让人有所察觉。

某日,女生都收到一张纸条,上面写着一句带有恐吓性的警告:尽快和小川分手,以免以后追悔莫及!

"小川"就是男生的名字,这张字条没有来源,就这样躺在女生的抽屉里。字迹凌乱,留下字条的人貌似是在匆忙之间写下。

女生一笑置之,一年中,她总能收到几张类似的字条。虽说两人都很优秀,但是小川更胜一筹,在学校里很受女孩子欢迎。自从两人半公开恋爱之后,敌视女生的女同学实在不少。

但是很快,女生就发觉这件事与以往不同。

她不仅经常收到类似的纸条,上面恐吓的留言一次比一次严重,从"追悔莫及"到"悔恨终生",再到"性命之虞"。同时她发现有一个身穿风衣、戴着墨镜的女人一直在偷偷跟踪她,从身形和女子偶尔露出的半边侧脸判断,这个女人有三十多岁。

女生感到很不理解,难道这个三十多岁的女人也因为喜欢上小川而仇视自己吗？

因为受到这个女子的影响，女生不由自主地开始疏远小川，但似乎并不够。

她的家门口时常出现各种被虐待致死的小动物，鲜血淋漓，又恶心又恐怖。终于有一次，她亲眼看到风衣女子蹲在她家门口拨弄着一具麻雀尸体，女生跑了出来，一把抓住风衣女子。

"你够了吧！再这样下去，我就要报警抓你！"

女子摘掉墨镜，果然是三十多岁的年龄，脸上有一道深深的疤痕，贯穿左右两边脸。除却这道疤痕，她倒还算是个蛮好看的女人。

"离开小川！"她的声音很嘶哑。

女生嘲笑道："阿姨，你这么爱管闲事吗？"

女子抓着她，沉声说道："离开小川！他是1980年杀父杀母的杀人魔肖伟强转世！离开小川！"

女生愣住了，她没有想到从女子口中说出的会是这么一句话。

就在女生不知所措的时候，小川来找她了。那个女子在临走时，深深地看了一眼小川，随后戴上墨镜，遮挡住深深的疤痕。

小川告诉女生，这个女子也会跟踪自己，眼神中时常闪耀怪异的光芒，好像是很恨自己，但又并不全是。有一次自己不慎跌倒了，女子居然还流露出紧张的表情。

"她说你是1980年的杀人魔肖伟强转世。"

小川不由得笑了,"是吗?我像吗?1980年?我倒真的是1980年出生的呢。"

女生忿忿道:"如果纯粹是看出生年份的话,我们班级大多数人都是1980年出生的,难道所有男生都是杀人魔转世吗?"

不久,在一次参与整理学校图书馆的时候,女生发现了一张1980年1月的旧报纸,上面报道了一起恐怖的杀人未遂事件。这件事就发生在古镇上,犯人就是女子所说的杀人魔肖伟强。

当时肖伟强年仅十七岁,他在一家私人旅社想要杀死提出分手的女友,最后被听到动静的旅社老板报警抓获。警察破门而入的时候,他已经捅了女友一刀,鲜血流了一地。他还在女友脸上留下划痕,说是要毁掉女友的容貌,让她死了也只能属于自己一个人。

肖伟强旷课已久,学校联络不上他的家人。而经过警方调查,更为恐怖的真相逐步浮出水面。

原来在几个月前,肖伟强因为不满父母的唠叨,趁着夜晚两人熟睡之时,用一把斧子将两人劈死后藏入床底。他就若无其事地在隔壁另一间卧室生活了数个月之久。为了隐藏尸体发出的异味,他还买来水泥塞满床底。

事件骇人听闻,由于肖伟强未满十八岁,不适用于死刑。但奇怪的是,在他被羁押了七个月之后,也就是1980年的9月,肖伟强在看守所中用一种惨烈的方式自杀。

他用脑袋一下又一下撞击墙壁,脑壳都凹了进去。临死时,他对着赶来的狱警露出诡异的微笑,还说了一句:"我终于明白了。"

至于他明白了什么,无人知晓。

看到这张报纸,女生松了一口气。小川出生于1980年7月,既然肖伟强是在9月自杀,无论如何他的转世都不可能是小川,那个女人果然是在胡说八道。

然而,即使女生拿着报纸向风衣女子解释,那名女子依旧指着小川说道:"他就是肖伟强,他马上就要满十七岁了吧?他第一个就会杀死父母,接下来就会杀死女友。没用的,这是宿命!你快走!快走!"

激烈的争执中,女子推倒了女生,这引起小川的愤怒。他在和风衣女子的扭打中,突然就扼住风衣女子的脖子,任凭身后的女生如何呼唤、劝说,他都死不松手。

"太讨厌了!你整天盯着我!你太讨厌了!"

他们三人是在校园后面的一条小巷里发生争执的。等到学校保安赶到拉开小川时,女子已经口吐白沫、停止了呼吸。

小川呆呆地看着自己的双手,女生此时想到,今天正是7月17日,小川的生日。

紧接而来的各种消息更是将女生打击得没了方向,原来小川的父母并非他亲生父母,他乃是养子。据说他的亲生母亲未婚生子，将他送给了现在的父母抚养。而根据父母辨认，那名三十多岁的女子，应该就是当初送子给他们的未婚少女。

而警方确认，那名跟踪两人的风衣女子，正是十七年前差点被杀人魔肖伟强杀死的女友。当时她已经怀有三个月身孕，1980年7月17日，她生下一个男婴，随即送予他人抚养。

而为了避免刺激肖伟强，狱警将女友生子的情况隐瞒到9月17日，而在得知消息的次日，肖伟强自杀。

换言之，小川就是肖伟强的儿子。而就在他年满十七岁的那一天，亲手杀死了母亲。更让女生痛苦的是，她也怀孕了。

"这也算都市传说？"

万缜拉开啤酒罐的吊环，才喝了一口，周瀚忍不住插嘴道。

"是啊，感觉像是某部犯罪片中才有的内容呢。"严慈悦也说道。

"我还没说完。"万缜淡淡道，他注意到高风亮依旧独自坐在一隅，脸色异常苍白，"单单这么一个故事当然不能算是都市传说。但是有网友发现，当年十七岁成为杀人魔的肖伟强，他的父母也是再婚家庭。据说他的母亲异常年轻，被他杀死时也年仅三十五岁，似乎在十七八岁就生了他。"

更为奇妙的是，肖伟强出生于1962年8月，他杀死父母的时间是在1979年9月到10月之间,同样刚满十七岁。

"肖伟强的母亲也是十七八岁就生了他。"余美琪斟酌道,"被他杀死的男人乃是养父,那么肖伟强的亲生父亲呢?"

万缜笑了笑,"问得好。1961年10月,古镇上同样发生了一起杀人案,凶手是十七岁的少年诸良,他与继父的关系素来不睦,那日晚上两人起了严重争执,他用菜刀砍死了继父和前来劝架的母亲,想要带着青梅竹马的女友逃走,但是遭到女友拒绝。于是,在他想要向女友动手的时候,最终被赶来的邻居制止。而这个女友,就是肖伟强的生母。"

众人陷入一阵寂静,像是都在计算出场人物之间的关系。

严慈悦捧着脑袋苦笑道:"我年纪大了,记性差了。你说了那么多儿子、女友、妈妈,我真是完全搞混了。"

余美琪接口道:"其实就是说本市周边某个古镇,从1961年或许更早开始,每隔差不多十七年就会出现一个杀人魔,而这个杀人魔都是上一代杀人魔的儿子。他们都会在十七岁那年犯案,然后留下自己的孩子延续罪恶。我这样概括对不对?"

万缜点点头,"有网友认为,可能这场'遗传厄运'来自更早的时候。他说他找到一张发行于1944年的报纸,内容也是一名十七岁少年突然发狂杀死父母。不过由于当时篇幅所限,这名少年的母亲年岁几何,他有没有留下孩子,就不得而知了。"

众人突然安静下来，耳边只听见烧烤架上滋滋的烤肉声，以及河对岸飘来若有若无的音乐。这个故事无关鬼怪，却透着一股彻骨的寒意，就连讲述者万缜都开始觉得手里的啤酒冰冷难喝，应该让赵梦为大家泡上一壶热气腾腾的茶。

"噗！"

高零一笑，他前几天刚满十八岁，在本市一所赫赫有名的高中念高三。正是整个高中阶段最为紧张忙碌的时刻，他平时住校，双休日也很少回家，与父亲高风亮见面的时间不多。这次高风亮也是想到他功课繁重，特意没有告知他，倒不知道他从哪里得到的消息，居然偷偷跟了过来。

"爸爸，你这个人还挺奸诈的嘛！"高零从余美琪手中接过一盘烤羊排，讥讽道，"居然一个人来古镇逍遥，完全没有考虑过我这个考生的感受啊！"

高风亮表情尴尬："你不是住校吗？"

高零冷冷笑道："差点忘了，原来我是在住校。我还以为我是被你扫地出门了呢！"

"阿零，爸爸也是希望你专心读书。你们这所高中竞争激烈，人人都想要考一流的大学，正所谓千军万马过独木桥，不抓紧时间怎么行？"

"是吗？"高零讥讽之意更甚，"我以为是你不想看到我。难道不是吗？"

高风亮露出无奈的表情，严慈悦看在眼里，忽然就想明白为何那日自己在倾诉带大女儿的辛苦时，高风亮似感同身受。听余美琪说，高太太早逝，几乎就是高风亮独自抚养儿子。或许，单身爸爸更为不易。

"你这样跑出来，向老师请过假吗？"知道儿子不爱听，但身为父亲，高风亮还是忍不住问道，"作业做完了吗？"

高零的目光从众人身上一一划过，当他看向冯欣的时候，她莫名地身体一缩，将半边身子藏在余美琪的身后。

高零嗤笑道："怎么？很怕我吗？是不是觉得在场这些人中，我算是最符合故事中杀人魔的条件？"

"别胡说！"高风亮呵斥道。

"高小弟，刚才我只不过说了一个故事而已，你切勿对号入座。否则按照你的说法，沉园镇里十七岁的少年有的是，难道他们个个都可能是杀人魔吗？"万缜慢条斯理地说道。

高零盯了他一眼，伸了个懒腰，"我觉得很累，想要回房间休息了。对了，我可不要和高老师住一起，嫌烦！"

高风亮怒道："不许给别人添麻烦！"

"没事没事。"万缜吩咐道，"小梦，你再去整理一间客房吧。"

经过高零的搅局，原本欢快的气氛又变得沉闷，就连烤肉都失去了吸引力。夜色深沉，不知是不是错觉，余美琪感到头顶的红灯笼开始变得黯淡，就像是电压不稳，灯泡还闪了闪。

雨势转大，浓浓的黑暗压了下来，犹如浓墨盖顶，众人分别回到各自的卧房。由于二楼本就只有四间客房，因此高零被安排到了三楼，就在余美琪的隔壁。

前几天咨询室连续走了几个员工，余美琪的工作量陡然增大，连续数天都加班到十二点。现在她的身心得到彻底的放松，强烈的倦意席卷而来，她随便梳洗了一番，倒头就睡。

朦胧间，她听见隔壁传来争吵声。

"原来你早就知道了？"

即使刻意压低，但由于民宿隔音效果不佳的缘故，她还是能听出这是高风亮的声音。

他是在教训儿子吗？嗯，这个男孩子很乖张，的确需要好好教育。

余美琪这样想着，脑袋越来越沉重，终于陷入沉睡之中。

不知道过了多久，她被一场噩梦惊醒。究竟梦见了什么，她一点儿也不记得了，只是心有余悸。

她没有拉上窗帘，窗外是沉沉的黑夜。

余美琪觉得口干舌燥，客房里有电水壶，但她的焦渴不允许等水烧开。于是她悄悄下楼，想要问值班的服务员要一瓶矿泉水。

蹑手蹑脚地来到客堂，余美琪不由得一惊。

除了余美琪之外，只见他们住客六人以及老板万缜围坐在八仙桌周围，服务员赵梦脸色苍白地在客堂走来走去。

"发生什么事了？"余美琪诧异道，"大家都不睡觉吗？"

"睡觉？"高零笑了笑，"美琪姐，你还想要睡觉吗？"

万缜从口袋里掏出手机递给她，"你看看时间。"

余美琪不解其意，"时间？"

她顿时瞪大了眼睛，手机屏幕将她的双眼照得发亮，上面显示：11月17日星期六，十点零九分。

余美琪从客堂的窗户向外望去，玻璃窗清清楚楚地映照出她的模样，窗外是漆黑一团。

第五章　畏罪潛逃

"记者？"咖啡店老板是个四十左右的中年男人，外表邋遢油腻，实在让人想不到这样一家以小资情调闻名的咖啡店，经营者的格调如此迥异。

他接过方程的名片，用狐疑的眼神打量了他一番，又将目光移向余美朱。她呆呆地看着窗外，魂不守舍，这让方程颇为不满。

"你们要采访那天当班的两个服务员？"老板皱了皱眉头，"可以吗？这样不会影响案件调查吗？"

方程早就准备好一套说辞，"其实在过来之前，我们已经和郑太太见过面了。警方基本否决了绑架的可能性，更加倾向于诱拐。所以我们记者也是希望通过报道，呼吁更多的人来参与寻找小朋友。"

咖啡店里弥漫着咖啡的香味。余美朱不喜欢喝咖啡，清咖难以入口，加了糖奶又嫌弃太过油腻。但她相当中意闻咖啡，那股微涩的气味，让她恍如置身在冬日暖阳下。

现在是下午一点五十分，刚刚过了一个购买咖啡的高峰期。

咖啡店老板招呼了一男一女两个人过来，他们都二十多岁年纪，身穿侍应的制服，女子的围兜还有一圈粉嫩的花边。这两个人模样周正，看来唯一与咖啡馆氛围不搭的就是老板了。

"那个小朋友还没有找到吗？"女侍应咋舌，"之前听警方说是绑票，其实并非如此吗？"

"一般情况下，绑匪会在一两天内联络家属。时间拖得越久，越容易暴露藏匿地点，也会让家属寻求警方帮助。然而这次距小朋友失踪已经有两个多星期，没有任何人联络过家属，比起绑架，倒是更加像诱拐。"

男侍应回忆道："这个小朋友经常来，她应该是小学一年级吧？不过长得很高大，我第一眼以为她有十岁。她妈妈倒是个子小小的，大概是现在的小朋友营养好，个个都很出众。"

"当时是你们两位当班吗？"方程问道。他注意到余美朱有点魂不守舍，就用手肘轻轻推了她一下。

"是的。"

老板补充道："在高峰时段一般是四名员工。当天是工作日，又是下午四点多客人最少的时间段，所以是两名员工。"

"平时都是郑太太带女儿来这里吗？"

"是的，我们从未见过郑先生。"

"当天咖啡店里有多少客人啊？"

女侍应说道："当天就两桌客人。郑太太带着小朋友先进来，她通常习惯自己点一杯美式咖啡，小朋友是一杯热巧克力。郑太太很严格，一般不准小朋友吃蛋糕，说是甜食吃太多对牙齿不好。"

在侍应们的印象中，郑太太虽然妆容精致，但是不苟言笑，像是担心表情太夸张会引起脸上掉粉似的。郑星宇样貌可爱，也很懂礼貌，但是郑太太不容许她和服务员们多说话，时常会呵斥她做功课不用心。

"小朋友一边喝巧克力一边做功课。我听到郑太太打电话，说是五点半要去上什么课。这孩子真是辛苦，难怪总是一脸疲态。"男侍应有些同情地说道。

"既然那天只有两桌客人，你们怎么会没有注意到小朋友呢？"

女侍应想了想，回答道："那天是我负责为郑太太点单的，之后我就去了柜台制作咖啡和热巧克力。"

男侍应解释道："我在为另外一桌客人点单。他们一直在问我关于风味咖啡的搭配，一会儿说要玫瑰味的，一会儿说要香蕉拿铁，所以我根本没注意到郑太太那边的事。"

另外一桌客人。

方程心中一动，立刻说道："我能不能再看一次监控录像？之前在郑太太那里看了一遍，不过她翻录得很模糊，看不太清楚。"

老板不耐烦道："真是麻烦，你索性拿个U盘，我拷贝给你们算了，一次次来看！我们店里会定期删除监控录像，不然哪有那么大容量的硬盘储存！"

方程笑道："这也好。"

案发时间是在11月4日，下午四点四十分的时候，一个小朋友蹦蹦跳跳地走了进来，身后跟着走路摇曳生姿的郑太太。正如那名男侍应所说，从监控中就可以看出郑星宇的确很高大，已经快到妈妈眼睛处了。

两人在靠窗的沙发上坐下。郑星宇非常乖巧，主动拿出作业本开始写作业，而郑太太根本不像昨天她对方程描述的那样关心小孩，而是全程盯着手机，双手时不时地飞快输入。

方程与余美朱对望一眼，都暗自摇头。

正如两名店员描述的那样，女侍应走来为他们点单后就去制作咖啡了。郑星宇似乎说了一句什么，郑太太点头许可，郑星宇非常高兴，飞奔着离开了监控范围。

这时可以看到男店员来到另外一桌客人跟前，客人是一男一女，由于他们距离摄像头较远，看不出实际年纪，两人认真翻阅菜单，不断在向男店员询问。

确切地说，郑星宇离开四分半钟之后，郑太太那深埋在手机前的脑袋抬起。她明显表情迷茫地环顾四周，随后惊惶地跳起，四处寻找女儿。

之后就如同她所描述的那样，两名店员帮着她到处找，可惜找不到郑星宇的踪迹，最后只能报警。

"请暂停一下！"视频停在那名男店员听到声响，抬头向着郑太太方向望去的姿势处。

方程走到一张沙发前，转头问道："另外一对男女是坐在这个位置的吗？"

"是的。"

方程沉吟道："他们是熟客吗？长相年纪如何？"

男店员盯着监控屏幕回想了一会，"都过去两周了，记不太清了。由于事不关己，事件发生后，他们没有点单就走了。"

"一点印象都没有吗？"

"不是熟客，之前从未见过。他们的年纪感觉和郑太太差不多，三十多岁吧！应该不会超过三十五岁。"

"他们是本地人吗？"

"应该不是。我第一句话是用本地话问候，他们似乎听不懂。"

方程微微点头，他将这段视频存入U盘，正待要向老板道谢，便看见咖啡店老板嫌弃地摆摆手，"好了，以后不要再来打扰我们了。那个小孩出事后，整天有人来瞎打听，难道我们不要做生意了吗？"

这时有两名白领走进咖啡馆。方圆几公里，除了这家咖啡馆之外，另外还有一家连锁咖啡店，每到中午，购买咖啡的白领都会排成长队。看到有客人光顾，老板顾不上理睬两人，立刻笑脸相迎。

"虽然摄像头有死角，但是按照我的判断，那对男女所坐的位置，应该刚好可以看到从座位上离开的郑星宇。所以，当务之急，我们应当找到那对男女。嗯，不是本地口音，又是工作日出行，或许是游客。"

方程见余美朱默不作声，依旧是一副心事重重的样子，忍不住用手指推了一下她的额头，愠道："你今天是怎么了？刚才一句话也不说，让你记录也不用心。"

余美朱激动地说道："现在时间还早，我们去一次顾翼云的工作室好吗？"

方程皱眉道："你还是在想你堂姐的事？昨天我已经陪你去了一次沉园镇，你也看到了，那个什么'晓风残月'根本没有在营业。你堂姐是成年人了，或许打电话给你的时候是喝醉了也不一定。"

"不会。"余美朱一把抓住他的肩膀，郑重地说道，"我堂姐这个人命很苦。她很小的时候，伯母就抛下她和伯父，跟着一个男人跑了。伯父很爱很爱伯母，听我父亲说，简直是宠溺，所以对他的打击非常大。之后他就变得疯疯癫癫，说话也总是让人摸不着头脑。也可能就是因此造成了误会，他在一年后，被人打死了。"

方程吃了一惊，本想要拒绝她的话到了嘴边又吞了回去。

"我堂姐的性格古板又沉闷。她不可能喝酒，更不可能搞恶作剧，所以我很担心她。其实我倒是希望她在捉弄我，至少说明她安然无恙。让我去工作室看一下吧！"

方程见她情真意切，只能叹了一口气说道："好吧，只此一次，下不为例！"

顾翼云的心理咨询室位于市中心,距离咖啡馆并不远,驱车不过二十分钟就到了。那是一栋高耸入云的写字楼,方程常年从事商务咨询,曾经有个客户就在这栋楼里办公,他知道这种甲级写字楼的月租金不会低于五六万元。

看来如今有心理病的人不少啊!他这样想着。电梯停在三十楼,开门后是心理工作室的前台。看来一整层都是顾翼云的办公室,这样来算,月租更不会低于数十万元。

"请问两位需要什么帮助吗?"前台小姐笑眯眯地问道。

"你好,请问余美琪在吗?我是她的堂妹,有事找她。"

余美朱自觉自己说的这句话没有任何问题,却不料前台小姐的脸色微微一变。

"你等下。"

她说话的语气变得十分冰冷,看着两人的眼神不再友好。她转身往里走去,将两人抛在前台。

"看来你堂姐人缘一般啊。"方程说道,"不过听这前台的语气,你堂姐应该在公司上班,你可以放心了。"

余美朱尚未答话,前台面无表情地走了出来,"你们跟我来。"

两人跟着前台走过长长的走廊,两侧都是玻璃房间,每间门前都挂有门牌,上面分别写着:玫瑰小组、向日葵小组、水仙花小组等字眼。透过玻璃房门,他们看见有几间屋子里围坐着五六个人,似乎在相互倾诉,还有人抱头痛哭。

这种行为,看起来很古怪。

余美朱在心中这样想。前台将两人带到一间会议室,推开房门,只见有个打扮得雍容华贵的女子坐在那里。她四十多岁的年纪,正是时常在电视上看到的心理专家顾翼云。

"顾老师,他们来了。"

顾翼云"嗯"了一声,"你可以回到工作岗位了。"

她看了一眼余美朱,冷笑道:"仔细看,你们真有几分相似。"

余美朱不解其意,"顾老师是吗?我堂姐今天没来上班吗?"

顾翼云冷笑道:"你居然还敢来打听她?我没有报警抓她就已经很客气了!从上周起,她就已经不是本公司的员工了!"

余美朱大吃一惊,自从接到那个奇怪的电话以来,她内心一直感到不安,总觉得在余美琪身上有糟糕的事发生,可是无论她一度设想过多少种可能,当顾翼云说出"报警"两个字时,也完全出乎她的意料。

"报警?顾老师,是不是你和我堂姐之间有什么误会?"

顾翼云冷冷道:"她大学毕业就在我这里工作,我自问给她的薪水不算很多却也对得起她。她貌似很老实,我也很信任她。不过真可谓人不可貌相,我怎么能料到原来她的勤奋老实都是假装的,她的目的就是盗取我的客户资料!"

"我堂姐应该不会做出这样的事。"余美朱吃惊地说道,"顾老师,或许当中有什么地方搞错了?"

"唯一搞错的地方就是我看错了她!"

顾翼云怒气冲冲:"我查到她在六个月前,频频和心灵华尔兹工作室的侯秉琳接触,出手也突然变得阔绰,还买了不少名牌服饰。她以前是出了名的节俭,这种不寻常的情况还不说明问题吗?"

余美朱苦笑道:"可能是她想通了,毕竟人生苦短,她才二十四岁,买点东西也很应该。"

"侯秉琳和我是竞争对手,这件事业内皆知。"顾翼云越说越激动,"她私自接触侯秉琳,是几个意思?单单这样已经是行内大忌,何况她还删掉了我的客户资料!"

上个礼拜四,也就是11月15日,余美琪没有准时上班。

顾翼云以为她迟到了,打开电脑却发现有一批客户病例被删除。电话打不通,微信被拉黑,随后顾翼云又在她的邮箱发现了许多与其他竞争对手的互通邮件,这才惊觉余美琪居然在自己身边蛰伏许久,根本没安好心。

"你懂了吗?"顾翼云对着余美朱吼道,"那个女人,根本就是畏罪潜逃!等着吧,我不会放过她的!"

第六章　黑夜来袭

第六章 黑客来袭

11月17日上午十点零九分,民宿"晓风残月"仅仅十多平方米的客堂里挤着九个人,人人神情凝重,透过客堂的窗户,只能看见一片黑暗。

"江、江年已经走了将近三个小时了。"服务员赵梦颤抖着说道,她坐在柜台后,双手紧紧握着一支水笔。

三个小时前,也就是早晨七点左右,这个时间段江年照例外出采购一些生活用品。原则上,民宿不供应饮食,但是偶尔也会应顾客要求提供一些简单的食品,如白粥、糕点等。

11月虽然是深秋,清晨六点也应该早已天亮。但是奇怪的是,屋外依旧仿如深夜。不,应该说比深夜更为黑暗,就连附近商铺的彩灯都熄灭了。

"江年说了一句'好奇怪',但他仍旧带着购物袋走了出去。"赵梦惶恐地说道,"他只走出去几步,整个人就像是被黑暗吞噬了,我就看不到他的背影了。怎么办?他还能回来吗?"

沉园镇作为景点其实并不大,围绕河道走一圈最多一个多小时。江年日常采购的超市在景区之外,满打满算,三个小时无论如何都应该回来了。

除非他真的被黑暗吞噬了。

余美琪取出手机,发现信号很弱,一会儿全无,一会儿只剩一格。她试着向外拨打电话,就连接通后的嘟嘟声也没有。

"没用的,我第一时间就打过电话了。"高零的表情很奇怪,他非但没有半分恐惧,反而带着一种看好戏的戏谑。

"你瞎高兴什么?"高风亮没好气地说道,"是不是感觉自己不用高考了?"

余美琪将头转向窗户,玻璃窗倒映出她略显愁苦的面容。她上前打开窗户,赵梦想要阻止她,却又不敢靠近。

湿冷的空气流淌了进来,屋内的灯火只能照见窗外半米开外的石板路。黑暗,就像是一团化不开的浓墨,盘旋在四周。不知是不是错觉,她感到那不足半米的光圈似在渐渐缩小,仿佛有一只黑洞在不断吞噬光明。

她急忙关上窗户,顺便把窗帘都拉上了,温暖的光线如旧,这才给了她几分安全感。

不仅是黑暗,还有令人窒息的安静。室外没有一点点的声响,他们九人,有如置身一座孤岛。

"怎么会这样?"林若松惊道,"是不是核爆炸?世界末日?还是外星人入侵?或者大停电?"

周瀚没好气地说道:"核爆炸和世界末日我们还能活着?要是真的大停电,怎么隔壁那些商铺毫无动静?还有手机虽然信号很微弱,但还有信号,说明基站没有被破坏。"

"那就是外星人入侵了!"

周瀚厌恶地看了一眼林若松，"我真怀疑顾翼云有没有把你治好。听说你除了妄想症之外，还有点幽闭恐惧症，这是不是真的？"

"不要瞎说。"林若松艰难地反驳道，"那么你说，现在这是什么情况？"

周瀚一直不喜欢林若松，总觉得一个成年男人故作柔弱，让他觉得十分恶心。于是他刻意压低声音说道："现在这个情况，我想起一个外国的都市传说，你们要听吗？"

"哦？说来听听。"高零坐直了身体。

"据说在七八十年代的美国，某日有人发现了两个虚弱的小孩，他们说着大家听不懂的语言，衣着打扮也很古怪。由于实在找不到他们的监护人，最终只能留在孤儿院。

"由于他们的身体太虚弱，只活了短短几年就死去了。在他们生存期间，他们学会了一点英语。他们告诉孤儿院的老师，他们来自一个始终黑暗的世界，而与之相对的，是一个始终光明的世界。"

言罢，周瀚总结道："说不定，现在是黑暗世界来统治地球了。"

林若松和冯欣同时"啊"了一声，尤其是冯欣，她坐在严慈悦身边，紧抓着她的衣袖。

"周瀚，我发觉你真是唯恐天下不乱。"严慈悦怒道，"说的故事更是漏洞百出，什么七八十年代的美国，到底是七十年代还是八十年代？还有所谓听不懂的语言，难道不可能是某种外语吗？或者是少数民族的语言？找不到监护人，更有可能是他们被遗弃了。"

周瀚没所谓地耸耸肩，"我只是提出一种可能性，就像小林所说的，什么外星人入侵，什么世界末日，不都只是一种可能性吗？不如你们说说看，现在外边是怎么个情况？"

众人一时无语，万缜咳了一声，说道："大家先不要着急，或许只是遇到日食之类的自然现象，我们等会儿再看。厨房里备用食品不少，再不济还有很多罐头食物，矿泉水我也储存了很多。所以，大家少安毋躁，不要自乱阵脚。"

他的话音刚落，突然只听见一声巨响，像是有人狠狠拍了一下房门。

这个声音重重地砸在众人的心上，所有人的脸色都为之一变。冯欣的脸色更加苍白了，她简直是摇摇欲坠，非要倚靠在严慈悦的身旁才能稳住。

"江年。"

赵梦的话提醒了众人，万缜急忙起身准备去开门，但被高风亮拉住。

"万老板，要小心。"

万缜点点头，他先是将耳朵贴在门上听了听，随后小心翼翼地拉开了大门。

屋外漆黑一团，就如同刚才余美琪打开窗户一般。客堂里的吊灯只能照到门口半米左右，门外什么都没有，也不知刚才那声巨响是怎么来的。

"手印！有手印！"赵梦惊叫道。

只见在清漆大门上，有一道明显的血掌印，红色延绵而下，像是有人拍打房门后无力地瘫倒在地。灯光尚能照到的方寸之地，留有一道隐约的血迹，随后消失在无边无际的黑暗里。

看起来就像是有人拍门求救，随后不知被什么东西拖入黑暗。

屋外静悄悄的，但有一种压迫感，无声无息地向着屋子逼近。

万缜猛然关上房门，火速反锁，并且挂上安全链。另一边的余美琪也反应神速，将窗户牢牢拴住。

"咕咚"一声，冯欣从长凳上摔了下去，双眼紧闭，脸白如纸，显然是受惊过度。她的脖子上挂着一条链子，链坠是一块方形的牌子，她的左手紧紧握着链坠，但正是太用力的缘故，链子被自己扯断了都不知道。

万缜上前抱起冯欣，她的手垂了下来，手中的链坠也掉落在地。

"先带她回房休息。赵梦，你去把医药箱拿来！"

严慈悦不放心冯欣，跟了上去。余美琪则弯腰拾起那只链坠，外面是透明亚克力仿水晶防水壳，里面是一尊佛像。隔着亚克力，也分不清小像的材质，似乎是石头，又像是更软的材质。

冯欣是个美貌少女，如今很有可能会进入演艺圈出道，佩戴这么一个老年人才喜欢的东西,不免有些匪夷所思。

"美琪姐,你在看什么?"

高零眼疾手快,趁着余美琪在思考,一把将链坠抢了过来。他细细地端详了一番,说道:"这是什么东西?女孩子会喜欢这种怪玩意也是少见,像我们班级里的女生,还在沉迷Hello Kitty呢!真是幼稚!"

余美琪愠道:"还给我,我要拿上去交给欣欣。"

高零摊开手掌,将链坠放在手心。等到余美琪伸手去取的时候,他突然快速合上手掌,将她的手牢牢握住。

余美琪吃了一惊,她用力想要抽回手,高零并不松手,一双眼睛盯在她身上,似笑非笑。

高凤亮顿时呵斥道:"你在干什么?还不松手?"

高零貌似听话地张开五指,余美琪迅速抓回链坠,狠狠瞪了一眼高零,却换来对方高深莫测的微笑。

"快向美琪姐道歉!"高凤亮怒道。

"为什么?"高零淡淡道,"只是因为我拉了她的手吗?"

余美琪不想和他多说话,转身走上楼去。

冯欣的房间在二楼,余美琪走到门口的时候,冯欣已经醒转。她惊惶的声音传到楼梯口:"项链呢?我的项链呢?我的项链去了哪里?快把我的项链还给我!"

余美琪急忙三步并作两步地冲了进去,将捡到的项链交给她。

冯欣立即要把项链挂上脖子，结果发现链条已断，她脸色大变，眼泪滚滚而下："怎么办？怎么会断了？我该怎么办？我要死了，我要死了！"

见她如此失态，在场三人顿时面面相觑。

冯欣小心翼翼地捧着链坠，悲伤地说道："我的命真苦啊！好不容易我可以出道了，现在这种事算是什么意思？难道我要被永远困在这里吗？"

余美琪从她手中接过项链，将链子折断处打了个结，重新套回到她的脖子上，柔声说道："暂时先这样挂着吧！等到一切恢复如常，只要找个师傅焊接一下就行了，或者你换条链子也不错呢！"

冯欣握紧了链坠，情绪渐渐平稳，似乎这尊小像给了她勇气和力量，"现在是周六了，下周二就是我签约的日子，我还有机会吗？"

严慈悦鼓励道："还有三天呢！可能就像万老板刚才所说，今天不过是日食之类的自然现象引发的停电呢。再等等吧！"

"真好笑，要真是日食这类常见的自然现象，新闻里会不事先通知？气象部门会发现不了？"

周瀚也来到门前，他的卧室就在走廊的尽头，看样子他应该也准备回房间。此时他双手插在裤袋里，用嘲讽的口气说道："说什么日食引发的停电更是好笑，哪个国家哪个地区没有经历过日食，没听见会引发大面积停电的。还有，外边安静成这样,要真是停电早就乱成一锅粥了。"

冯欣的脸色又开始发白,严慈悦转头怒道:"你这个人怎么那么讨厌?你的嘴巴到底通往哪里?为什么吐出来的都是让人不愉快的话?"

周瀚冷冷道:"你们不想听实话,那我就不说了。"

他返回到自己的房间,打开智能电视机,发现网络已断。他躺倒在床上,举起手机,信号依旧时断时续。通讯录里他一共有一百四十四名好友,可是他一个都不想联系。

这场黑暗因何而来?那声拍门声又是谁发出的?是不是江年?

周瀚很想厘清自己的思路,好好想想,可是置身在寂静的黑暗中,他脑海里浮现的却是一些极度不愉快的往事。

他想换双拖鞋去洗个热水澡,低头发现有一只拖鞋不慎被踢入了床底。

就在周瀚将半边身体探进床底,伸手去摸另外一只拖鞋的时候,忽然感到有一只冰凉的手闪电般地触摸了他的手背。

周瀚身体一僵,一道彻骨的凉意从他的尾椎一直蔓延到后颈。刚才是什么东西?他很想钻进床底去看个究竟,但是僵直了很久,终究还是没有勇气。

不可能,我不可能遇到这种事。这一切都是我瞎编的。

他坐在靠窗的圈椅上,浑身冰冷,窗外的黑暗仿佛可以穿透墙壁,一点点腐蚀他的身心。其实他的内心早就被黑暗侵蚀透了吧？他默默地想，从他第一次编造谎言开始，他就知道，自己所做的一切不过是饮鸩止渴，最终会付出惨痛的代价。

现在，是代价到来的时候吗？

错觉，是错觉。

他在心中默念，可是手背冰冷刺骨的触感久久不散。他用力在手背上狠狠一抓，顿时出现了三道血痕，刺痛带来的热辣感觉代替了冰冷，他终于缓过气来。

说谎，终有一天是要付出代价的。

他以为顾翼云治好了他的心病，殊不知在特定的环境下，所有的恐惧一触即发。

而就在他的楼上，余美琪手握手机正在屋内走来走去。

她外表冷静，内心何尝不是心急如焚。

这场黑暗对她而言，是幸或不幸？她看了看手机上显示的时间，现在应该是11月17日星期六中午十一点三十九分。

突然，手机上的信号恢复了两格，她立刻打开通讯录，拨打余美朱的电话。

幸运的是，电话接通了。

"堂姐？"信号依旧不佳，对方的声音模模糊糊。

"美朱，现在天亮了吗？还在下雨吗？"

余美琪轻轻地问道。

第七章　悲伤往事

第十章 感応生事

话不投机，顾翼云下达了逐客令。

余美朱还想要说什么，方程拉住了她。这时，有个身穿套装的女子探头进来说道："顾老师？有两个家长来这里找孩子，说是这里的病人，但是我查不到他的资料。"

顾翼云不再理会两人，跟着女子走了出去。

隔着一条走廊，就听见一个妇女的叫声："你们怎么做事的？我们家松松在这里看病一年多，居然没有他的资料？你们是做事不用心，还是根本就是一家黑店？我要去投诉你们！"

余美朱拉了把方程，两人看见一男一女两个中年人正在前台拍桌子，气势汹汹。尤其那名中年妇女，她约莫五十多岁，双鬓如霜，神情略带凄苦之相，身上一件棉外套洗得发白。

她气得浑身发抖，说话时上下嘴唇在哆嗦。中年男人则搀扶着她，转头对前台小姐说道："你说查不到资料，这怎么可能？我儿子每周都会来这里看病，至今已经有一年多了，他还和我们说参加了什么'百合花小组'，认识了许多同病相怜的朋友。小姐，他这样信任你们咨询室，你怎么能说找不到他的资料？"

前台委屈地说道："可是电脑里真的没有他的资料，也没有你说的什么百合花小组。"

中年男人脸色顿变,中年妇女嘶声叫道:"我找不到松松了,我要去投诉你们!"

顾翼云上前问道:"两位少安毋躁,不知道为什么会来这里找儿子?我的病人基本都是成年人,似乎不需要父母的陪伴。"

妇女盯着她,"你就是他所说的那位老师?他是如此信任你,你居然这样不关注他?"

顾翼云到底是心理专家,她根本不去回答妇女的质疑,反问道:"请问这位病人叫什么?或许我可以帮忙查询一下。"

"林若松。"

顾翼云的神情突然松弛了下来,她看了一眼站在一边的余美朱,微微冷笑道:"原来是林若松呀,我想,他大概已经不是我的病人了。"

林妈妈一愣,"什么意思?你怎么可以擅自赶走病人?"

顾翼云指着余美朱,淡淡地说道:"那你就要问问这位小姐的亲戚了,可能你的儿子已经跟着她去了别的心理诊所吧!"

林妈妈立刻转向余美朱,"你是谁?你的亲戚是谁?我的儿子去了哪里?"

见余美朱一时不知所措,方程开口说道:"这位是林太太对吧？你是联络不上你的孩子了吗？怎么会突然来到这里找呢？"

林太太眼眶一红，眼泪似乎马上就要落下来，"我们家松松，他为了独立，毕业后就独自生活。可是我们每天都会通电话，前天他说和百合花小组里的朋友一起度假，两天了，他没有打过电话给我，我好担心……"

林太太的语言组织能力不怎么样，说话颠三倒四，但是余美朱听在耳朵里，暗自心惊。

顾翼云不耐烦地挥手，之前来通知她的那名穿套装的女子带来了两名保安，"你们要讨论这件事呢，可以去楼下咖啡店，爱怎样讨论就怎样讨论，请不要影响到我的其他病人。"

"我的松松……"

"林若松和百合花小组的所有资料都被我的前助理，"顾翼云手指余美朱，"也就是她的堂姐余美琪带走了。既然你刚才说林若松是和百合花小组的人一起外出度假，很有可能他们早就有预谋地去了其他咨询室。所以呢，你要找的人不是我。"

说完这句话，顾翼云转身对两个保安说道："看着他们离开！不要让他们骚扰我的病人！"

两名铁塔似的保安拦在林家夫妇面前，做出要求他们离开的手势。林太太还想要争辩，方程劝阻道："林太太，我们下楼谈谈好吗？"

林先生轻轻搂住妻子,"我们走吧!"

正如顾翼云所说,大厦楼下的确有一家连锁咖啡店,不过现在正是白领们购买咖啡提神的高峰时间段,店里区区十来个座位,座无虚席。

"松松说,他不喜欢喝连锁咖啡店的咖啡,毫无特点。"说到儿子,林太太又眼泪汪汪。

余美朱顿时心生反感,心想平时林太太必定对儿子颇多约束,难怪儿子需要独自居住。

"林太太,你的儿子林若松也是顾翼云的病人吗?"方程买了咖啡递给她,没有座位,他们就拿着纸杯站在门外。

林太太双手捧着纸杯,大概是温暖让她的情绪稍稍稳定,"是啊。我记得是在一年多以前,松松说他周围的同事要么毕业于名校,要么在大企业有工作经验,所以他感到压力很大,总觉得同事们疏远自己,不断在背后说自己坏话。哎,这个傻孩子。"

她的视线落在余美朱身上,似乎想起什么,问道:"刚才顾老师提到你堂姐,叫什么美琪?你说,你堂姐和松松什么关系?是不是她拐走了松松?"

余美朱啼笑皆非:"我堂姐叫余美琪,原本是顾翼云的助理。其实我也是……"她略一踌躇,想到余美琪的来电过于怪异,说出来也没人相信,于是改口道:"我也有几天没有联络上堂姐,所以想来她工作的地方看看,没想到会发生这样的事。"

"我们家松松很乖很听话的,如果不是被人教唆,他绝对不会无故出走!"

林太太义愤填膺,差点把咖啡泼在余美朱身上。方程急忙反驳道:"等一下!林太太,我记得你之前说过,林若松是和什么小组的成员一起外出度假啊,怎么能说是无故出走呢?再说,一个独自居住在外的成年人,偶尔有个一两天没有打电话回家,似乎也不是什么要紧事吧?"

"你知道什么!"林太太怒目圆睁,眼圈发红,方程真担心她会就这样号啕大哭起来。

林先生接过太太手里的咖啡杯,轻轻拍着她的肩膀,歉然道:"对不起,是我太太过于着急。"

余美朱讥讽道:"有这样关心自己的妈妈,难怪你儿子需要空间透透气!"

林先生没有生气,他反而叹息道:"因为我们的孩子,实在是来之不易。我们将另外一份感情,也倾注在若松身上,难免有点患得患失。"

"是的。"林太太深深吸气,竭力稳定情绪,平静地说道,"我的松松平时很乖的,说好每天七点打电话回家,他绝对不会晚一分钟。所以余小姐,请你看在我们这对老夫妻爱子心切的分上,如果有你堂姐的消息,请一定要通知我们。"

余美朱想了想,"说实话,我对堂姐的工作并不太了解。反倒是你们刚才提到百合花小组,这是什么组织?"

"其实我们并不太清楚。松松也只提到过一两次，但是听他的语气，就像是找到了好朋友，我们很为他高兴。"

相比情绪失控的林太太，林先生倒是很镇静，说话有条有理。

11月15日晚上，林太太早在六点五十分就守候在电话机旁。她其实也有手机，只是总觉得手机信号不如座机清楚，因此每次都让儿子拨打座机电话。

林若松大学毕业后的第一份工作离家很远，为了让儿子多睡一会，林太太主动出资为他在公司附近租了一套小公寓，唯一的要求是林若松必须每天晚上七点整打电话回家报备，哪怕当天加班也是如此。

七点整，电话铃声准时响起。

只"呜"了半声，林太太眼疾手快，一把抓起话筒。

"松松，今天上班累吗？心情还好吧？"

夫妇俩知道儿子有心病，原本成绩不错的优等生沦落到二类大学，上班后又因工作压力过大而引发精神疾病。他总是觉得同事们在疏远排挤自己，甚至还怀疑过上司找了人来代替自己，有几次还差点和同事起冲突。

在父母的劝解下，林若松找了心理咨询师。

"嗯，我最近心情很好，大概是参加了百合花小组的缘故。"林若松的声音平稳，这让母亲放下一颗心，"他们与我同病相怜，每周相聚聊聊，也能排解心中的苦闷。"

这是林太太第二次听到他提起"百合花小组"。据说这是由顾翼云发起的一个心理创伤互助团体，按照她的说法，除了由专业人士进行心理干预之外，病友之间的交流也很重要。

"能交到朋友就好。"林太太想到儿子承受的精神压力，忍不住要哽咽，但是又生怕儿子担心，只能强忍。

"对了，我们本周五会一起去沉园镇住几天。妈，你们还记得吗？上次我们一家三口去那里，住在一家名叫'晓风残月'的客栈里，这次我们也住那边。"说到出游，林若松似颇为兴奋。

"哪一家？"林妈妈想了一想。在她的眼里除了儿子，其他都视若等闲，更不会去注意住过的一家客栈。

"就是上次我们去沉园镇时住过的那家民宿呀，你还说老板人很好说话呢。"

"哦。"林太太根本记不得，只能随便应一声。

"我已经联络了老板，预定了房间。"

"出去散散心也好。"林太太叮嘱道，"难得交到朋友，好好和他们相处哦。"

"其实……我想到能和美琪相处，就觉得很高兴。"林若松吞吞吐吐地说道。

林太太心中一喜，"美琪是谁？也是百合花小组的病人吗？"

林若松忽然沉默了，半晌才说道："妈，我想保留点自己的隐私。"

林太太感觉他声音有异,不敢再多问,只能反复强调:"就算和朋友出去,也要记得晚上七点钟打电话回来啊。妈妈等不到你的电话,是睡不着的。"

听到"美琪"两个字,余美朱感到更为迷惑。

百合花小组都是顾翼云的病人,而余美琪作为顾翼云的助理,她与百合花小组的成员有所接触实属平常,就算结伴一起去外地旅游散心也谈不上匪夷所思。但让余美朱不明白的是,余美琪临走时为什么要删去百合花小组的资料呢?

最最重要的,当然是那个奇怪的电话。余美琪到底意欲何为?百合花小组如今身在哪里?"晓风残月"现在算是什么情况?

"余小姐,既然美琪是你的堂姐,如果你有她的消息,请务必通知我们。"林太太倒在林先生的怀里,像是站不稳。恰好咖啡店里有人离开,方程急忙帮着搀扶她坐下。

余美朱打开纸杯杯盖,轻轻吹着气,氤氲的水蒸气迷蒙了她的眼睛。她的眼前恍然出现了一名女子,她秀眉美目,容貌异常清秀,但是相应地,她的神情也是异常冷漠。

余美琪比余美朱大两岁,从余美朱懂事起,她就感到堂姐总是心事重重,极少有事能让她展现欢颜。余美朱记得自己的母亲曾经在背后和父亲评论这个外甥女,说她漂亮有余,可爱不足,十分阴沉可怖。

说她可怖,那自然是夸张。但余美朱知道,余美琪在任何时候,做任何事,都是严肃认真的,从来不会乱开玩笑。

不，应该是从来不开玩笑。

正因如此，余美朱才会格外在意那通奇怪的电话。余美琪究竟去了哪里？她遇到了什么？为什么会问她"天亮了吗？"

顾翼云认定余美琪图谋不轨，很有可能她早就和顾翼云的竞争对手互相勾结。删除客户资料，一是拉走客人，二是制造混乱。可她为什么单单删除百合花小组的资料呢？小组里有哪些人？删除他们资料的意义在哪里？

耳边听到方程问道："林先生，林太太，虽然我能理解你们爱子心切，不过既然林若松已经成年，你们对他看得这样紧，会不会让他觉得没有私人空间？"

林太太不说话，低头默默喝着咖啡。

林先生叹息道："两位，你们都还年轻，未曾为人父母，自然不会知道当你们失去一个孩子之后，对另外一个孩子有多紧张、多重视。我们将所有的感情和寄托都倾注在松松身上，一丁点儿失去他的可能性都不想有。"

"失去他？"方程只觉得林家夫妇说话略显荒诞，一个二十多岁的独居男子，仅仅一两天未曾与家人联系，父母就能联想到"失去"？

林先生低声说道："你们听说过笑脸男吗？"

第八章 在恐惧中

第八章　在恐惧中

顾翼云的心理治疗室里有一张奇妙的椅子。

流线型的设计,完全贴合人体弧线,如同一张温床,让人舒缓放松。躺在这张榻上,任何人都会轻易吐出内心最为深处的秘密。

这张榻就被心理治疗师们称之为"弗洛伊德榻"。

和煦的阳光缓缓照了进来,整间以玻璃为主的办公室更添温暖。顾翼云轻点鼠标,音箱里开始流淌出轻柔的音乐,她看到躺在弗洛伊德榻上的年轻男子,明显轻轻松了一口气。

"我看到电视里,心理医生都会用那种会互相撞击的小球,你怎么不用?"年轻人居然率先开口。

顾翼云打量着他修长的身躯,即使躺在一米八的榻上,他的脚踝依旧在边缘垂下。

"牛顿碰撞球。"

"哦,原来是叫这个。"

顾翼云微笑道:"比起那种机械重复的声音,我更喜欢音乐。"

"哦。"

顾翼云在他面前坐下,微笑道:"周瀚是吗?那么我们谈谈,我该如何帮助你?"

周瀚闭目养神，隔了一会儿，他用低沉的声音说道："不知道你信不信，我……我能见鬼。"

顾翼云连眼皮都没有抬一下。作为资深心理专家，她见识过太多各种各样的怪人，"见鬼"是相当普通的一种。

她低头在病历上写了"精神分裂"四个字，漫不经心地问道："是什么时候开始的？"

"这个鬼，不是真的鬼。"

顾翼云微微一愣，她抬起头来，撞上周瀚的眼睛。他的眼神有些呆滞，仿佛正陷入思索。"什么意思？什么叫不是真的鬼？"

周瀚将身体放平，用一种舒缓的姿势躺在弗洛伊德榻上。这样一来，他的声音飘向天花板，有一种别样的磁性，就像来自遥远的远方。

"因为那些鬼，明明都是我编造出来的。"

他的语气充满着迷惘、困惑和不可思议，"我见到了……我编造出来的鬼。"

2006年11月，明明已经是深秋，但是天气依旧有点闷热。又或许，只有身高一米七八、体重二百一十斤的周瀚才有这种感觉。

此时正值下午第一节体育课，临近下课，大部分同学都在自由活动。周瀚则独自在操场跑步，他跑了一圈又一圈，也有可能他不过只跑了那么一两圈，就已经因身心俱疲而产生幻觉。

周瀚汗流浃背、气喘吁吁,他不断瞥向体育老师,以期获得她的首肯,可以稍微歇会儿。只可惜那位身材健美的女体育教师素来瞧他不顺眼,面对他的频频示弱,根本不予理睬。

周围的同学也对他视若无睹,是的,如果说这所学校里有个透明人,那么一定就是他。

今天是男子1000米、女子800米跑步测验。各人身体素质有差别,跑步有快有慢,但对于初中二年级的男生而言,五分零五秒的及格线基本没有问题,当然除了周瀚。

他明显脚步沉重、步态缓慢,比起班级上个子最小的男孩子,都要滞后大半圈。这让老师非常生气,她在开学之初,就要求周瀚每天训练跑步,这个夸张的结果让她极度不满。

测验过后,其余同学可以选择喜爱的体育活动,而周瀚则必须跑步。

"不得到我的允许,不准停下来!"

女老师几乎和他一样高,据说曾经是排球运动员,摸高两米八三,走路生风,分外看不起那些慢吞吞的柔弱男生。

而又高又胖的周瀚,更是她最为厌恶的代表之一。

下课铃声响起,同学们一哄而散,体育老师也没空理睬周瀚,自顾自返回体育教研室。

周瀚停下步子,双手支撑在膝盖上喘气。一个个同学从他身边经过,没有一个向他打招呼,一个正眼瞧他的都没有。

周瀚，十四岁，初中二年级，身高一米七八，体重二百一十斤。在这所学校里，他是个小透明。

他浑身散发着汗臭味，一步三喘地走进教学楼。远远地，他看见刚刚转学到班上的女生郑敏从校门外而来，走近后发现她手臂上绑着黑纱，眼睛微微红肿，似乎刚刚哭过。

周瀚想起听到同学们议论过，郑敏的奶奶最近病危，昨天下午她就没有来上课，应该是去参加追悼会。

周瀚心中微微冷笑，他不喜欢郑敏。她总是装着一副开朗活泼的样子，转学到班上才不过两个月，就和同学们来往密切，还交到了好几个关系不错的朋友。

这算什么？他与这群人从预备班一起升到初二，整整两年的时间，与他说话超过十句的人，屈指可数。

他成绩中等、待人和善，难道所有的问题就是因为他肥胖？

当然，正是因为肥胖，周瀚内心相当自卑，明明是个将近一米八的大个子，却时常抬不起头来。他不明白，正是他身上散发着的阴沉与内向，令人望而却步。

郑敏走在周瀚的身后，她大概是嫌这个慢吞吞的大个子占据了大半条楼梯，于是从周瀚与墙壁之间的缝隙中穿了过去。即使她很小心，还是与周瀚擦身而过。

她的右手摸了把左边的衣袖，可能是沾到了周瀚的汗水，她明显皱了皱眉头，还用眼角的余光瞥了眼他。

因身体的疲倦，周瀚心中的怒气越来越盛。他看到郑敏先他一步走进教室，好几个女生围了上来，问长问短、关心备至。

"郑敏，你要节哀顺变。"其中一个长发女生说道。

虚伪！

周瀚嗤之以鼻，一群虚伪的女人！他从这些女生身边走过，回到自己的座位上，看到椅子底下有一张数学试卷，上面写着大大的"58"。

红色的分数很是刺眼，但是更让周瀚生气的是，明明教室里已经有那么多同学在，他们却任由自己的试卷被风吹在地上，仔细看还有一个浅浅的脚印，不知道是谁踩了一脚。

霸凌！这是彻头彻尾的霸凌！

周瀚的脑海里浮现出好些日本漫画中校园暴力的桥段，心中的委屈和愤怒真是无以复加。

他盯着坐在第二排的郑敏，以及围在她四周正在安慰她的几个女生，嘴角微微浮起笑容。随后他摇摇晃晃地走了过去，身上散发的汗臭味引起女生们的不满。她们鄙夷地看了一眼周瀚，纷纷侧身准备让他走过去。

周瀚用惊恐的眼神看着郑敏。他盯了她一会儿，就在同学们窃窃私语的时候，他踉跄后退，硕大的身躯差点跌倒在地。

他奋力抓住桌角稳住身体，颤声说道："你……你背后为什么会有一个老婆婆？"

郑敏莫名其妙，"你在说我吗？"

周瀚伸手捂住自己的眼睛，"不要看我！不要看我！你继续看着她好了！"

教室里瞬间安静下来，众人都惊疑不定地看着两人。

郑敏怒道："肥猪，你在乱说什么呀？"

周瀚双手掩面，慌张地说道："老婆婆，你的脸色青紫，眼珠子都要掉出来了，别朝着我呀！你本来不是看着她吗？不要看我！不要看我！"

说完这句话，他就犹如虚脱般瘫坐在自己的座位上，虚汗如雨。

"神经兮兮！郑敏，不要理他！就是因为他这个人奇形怪状，我们都不愿意搭理她！"刚才那个长发女生出言安慰，但是郑敏的脸色正在一点点变白，双唇微微哆嗦。

三天后，传来郑敏从楼上摔下的消息。

与她住得比较近的同学说，郑敏的奶奶昏迷了十多天之后，家人决定停止抢救。郑敏也赞成父母撤掉奶奶的呼吸机，她的理由是奶奶若是长期不醒，那么费用颇为可观，这将影响到郑家的生活质量，尤其是她。

同学们都认为，周瀚看到的那个脸色青紫的老婆婆，应该就是郑敏的奶奶。难怪周瀚平时行为有些奇异，原来他有特异功能。

"周瀚，原来你能见鬼？你是灵异体质吗？"

原本最为鄙视他的长发女生，此时居然坐在他的身边，好奇地问道。

"我也不知道。其实……"周瀚犹犹豫豫地说道,"我小时候发生过几次,但是有时清晰有时模糊。我爸爸说,可能是我略带一种特异能力,平时不会轻易显现,偶尔身体特别疲惫的时候,特异能力就变强。"

他说说停停,其实是在思考接下来该如何编造谎言,可是看在同学们眼里,倒更像是对自身能力的恐惧。

那件事之后,周瀚的人缘忽然变好。同学们开始主动和他打招呼,分组活动时,也有人会向他发出邀请。而周瀚也开始积极减肥,一个学期就顺利减肥四十斤,身高也长了五厘米。随着他的身材变得均匀修长,他找回了丢失已久的自信,居然成为班级里的活跃分子。

"原来你编造见鬼的谎言是为了博取关注。"

顾翼云低头在病历上写了几句话,"为了获得家人朋友的关注而故意制造事端,这类案例并不少见。那么,事情是从什么时候开始转向失控的呢?"

是啊,是从什么时候开始的呢?

周瀚深深吸了一口气,忽然间就从回忆中惊醒。

他抬头看到架顶上垂下的红色缎面,身下是古色古香的架子床,环顾四周,室内摆设透着幽幽古意,这才想到自己现在是在沉园镇上的民宿"晓风残月"。

窗外是死一般的黑暗和寂静,他抓起床头的手机,信号时有时无,上面的时间显示是11月17日星期六,中午十一点四十五分。

原来他只睡了六分钟,却像是回顾了一生那么漫长。

他起身来到卫生间,拧开水龙头,往脸上泼了点水。

冰凉的水让他头脑为之清醒。他抬起头来,洗手台前的镜子映照出一张棱角分明但是略显青白的脸。现在的周瀚,身高一米八八,体重七十五公斤,相当标准。

可惜为了维持这样一个标准体重,他算是吃尽了苦头。

周瀚是易胖体质,只要连着两天稍微多吃一点碳水化合物或者是甜食,身体就会立马给他以颜色。他记得某次母亲带他回乡下参加婚礼,连吃三天流水席,足足重了十斤。

所以他戒油戒糖,平时只吃低脂低热量的食物,长此以往,他的脸色总是发青发白。求诊时,顾翼云认为他长期处于少食状态,也是让他产生异常情绪的原因之一。

可即便如此,他也不愿意多吃一点东西。

他受够了他人的冷落,好不容易获得的关注,他不想因体重而失去。

周瀚闭了闭眼睛,再次睁开的时候,猛然吃了一惊。

只见镜子里那张瘦削的脸消失了,取而代之的是一张痴肥的面孔。

怎么回事?

周瀚下意识地摸着自己的下巴,结果镜中人同样用胡萝卜般粗的手指在三四层下巴上摩挲。

不,不是的,这是怎么回事?

周瀚大惊，他的双腿发软，双手紧紧抓住洗脸台边缘。他忘记关掉水龙头，水流冲刷洗脸台，水花四溅，有几滴落进他的眼睛里。他用力眨了眨眼，镜子里的胖子露出似笑非笑的表情，随后嘴角向两端扬起，越来越高、越来越高。他的嘴唇变得猩红，像是涂抹过浓重的唇膏，嘴角的弧线一直延续到耳朵。

周瀚"啊"了一声，不不不，这不是真的，这绝对不是真的！

"那么，事情是从什么时候开始转向失控的呢？"

顾翼云的问话在他的耳边回荡。是的，原本一切都在他的掌握之中。他利用"见鬼"获得关注无数，也集结了以自己为中心的交友圈，可就在那一年，一切都失控了。

"滚开！"

周瀚拿起民宿准备的漱口杯向着镜子扔去，玻璃裂开，镜中的胖子消失了。

他拖着沉重的步伐艰难地坐回到架子床上，外面传来赵梦的声音：

"周先生吗？老板煮了些食物，你下来吃点东西吧！"

他觉得头痛欲裂，并不想回应。

"周先生？"

赵梦的名字取得不错，仅仅隔着一道门，她的声音仿佛来自梦中。

大约是周瀚久不回应，赵梦便转身离去。听到她轻盈的脚步声，周瀚再次躺倒在床上。

　　周围又是死一般的寂静。

　　突然，他察觉到床底下似有动静，就像是有人拼命忍住笑又无法忍住一样。

　　他的呼吸开始急促，猛然低头向着床底下看去。

　　那是一张浓墨重彩的脸，尤其是嘴唇，唇线一直延续到脸颊，红色的双唇鲜艳如血。

　　那张脸，正笑嘻嘻地看着他。

第九章　笑脸男子

1998年10月31日下午四点十分，阴雨绵绵。

春苗幼儿园在三点五十放学，随着小朋友们陆陆续续地离开，原本吵闹不堪的校园忽然就安静下来。

大（2）班班主任老师崔丽影站在窗前，望着绵绵细雨发呆。今天从早上到现在，她一直觉得脑袋发胀，大约是在烦恼家事的缘故。她本厌烦小孩吵闹，可现在周围一片寂静，她又生出莫名的惆怅来。

她转头看了一眼坐在小板凳上独自玩积木的小男孩，抬腕看了看手表，又迟了二十分钟。

"郑遥的家长还没来吗？"生活老师探头环顾教室，"一个礼拜五天，郑遥的家长起码迟到两三次。我听说郑遥的妈妈是一位全职主妇，真搞不懂她整天在忙些什么，不上班还会迟到！"

崔丽影性子沉静，她没有抱怨，但是微微叹了一口气。

"砰"的一声，桌子上搭建的积木尽数倒塌。小男孩发出一阵嬉笑，也不去管横七竖八的木块，又自顾自拿了皮球在教室里拍。球撞击地板，发出"嘭嘭"的声音。这让崔丽影的头更疼了。

"郑遥，你别顽皮了，乖乖坐在位子上等你爸妈！"

生活老师想要去阻止，小男孩灵巧地躲避着她，边拍球边在教室里绕圈子。

"真是烦,这个孩子又调皮。我的女儿也快放学了,这样等下去不是办法。"

"你先回去接女儿吧,我来等郑遥的家长就可以了。"

生活老师想了下:"你一个人行吗?这个孩子太顽皮了。"

崔丽影微微一笑:"我看他的妈妈应该也快到了,没事的。"

生活老师掩上教室的房门。郑遥拍了会儿皮球,觉得无聊又开始在教室里爬上爬下地找玩具,被崔丽影喝止后,他又想去活动室玩海洋球。

"不可以哦。"崔丽影只觉得头痛欲裂,她强打精神劝诫道,"现在已经没有小朋友在幼儿园了,你不可以一个人去玩海洋球哦。再忍几分钟吧,妈妈应该也快到了。"

郑遥一脸不高兴,"就是因为别的小朋友不在,我才可以一个人玩海洋球呀!我要玩,我要去玩!"

崔丽影心生烦躁,她不理睬他,站在窗口向着校门口张望。不仅是小朋友,就连其他老师也都已经下班了,学校里说不定只剩下她和门卫老杨。

"崔老师,"生活老师换了便装,背着挎包站在门外,"办公室里有你的电话。"

崔丽影一颗心高高悬起,她从今早上班开始就在等待这个电话,也或许就是因为心火太旺,导致整整一天头痛欲裂。

她要求郑遥乖乖留在教室，还取出平时小朋友们争破头的小猫钓鱼玩具放在桌子上。崔丽影快步走向办公室，就在走进办公室的一瞬间，她忽然心中一惊。

反锁上教室的房门了吗？

似乎有，似乎又没有。

但是此时崔丽影没有心思去追究，她的所有期待都在那个电话上。

"喂！"她颤抖着拿起听筒，心跳若狂。

"对不起，丽影。"男子的声音沉稳，说是道歉，但没有任何歉疚的情绪在内，相当平静。

"你妈妈还是不同意吗？"崔丽影竭力想要控制语调，大颗大颗的眼泪落在办公桌上。

"嗯。"对方显然很不耐烦。

崔丽影再也控制不住，泣不成声。她从昨晚开始就心中忐忑，几乎一整个晚上都没有睡着，今天亦是心事重重到现在，如今尘埃落定，她心中一松，却是悲从中来。

"为什么？是嫌弃我出生在单亲家庭吗？"

话筒另一端不说话，算是默认。

"我……"

崔丽影想要挽回，对方径直挂了电话，话筒里传来令人心碎的"嘟嘟"声。

她待了一会儿，缓缓放下电话。窗外雨停了，天色依旧昏暗，空旷的办公室让她觉得一阵阵阴冷。崔丽影拖着沉重的步子返回教室，却发现教室门敞开着，郑遥并不在教室里。

她顿时吃了一惊，奔到教学楼的入口，远远地有个身穿白色上衣的男人正拖着郑遥的手，缓步离开校园。

崔丽影略一犹豫，她本想上前告诉林父以后不要迟到，但是此时她身心俱疲，实在不愿意再追赶这几百米的路，最终还是看着两人的身影渐渐消失。

她回到办公室，几次想要再拨回电话，但不知道是什么原因，对方的电话始终不通。她呆坐良久，直到门卫老杨过来敲门，她才如梦初醒。

老杨还带了一个女人过来，那人十分狼狈，眼睛惺忪，似乎刚刚睡醒的模样。崔丽影认得她，她就是郑遥的妈妈。

"郑妈妈，有事吗？"崔丽影脑袋昏昏，茫然问道。

郑妈妈尴尬地搓着手，说道："嘿嘿，对不起啊老师，我午觉睡过头了，都怪这天气，昏昏沉沉的，让我整个人都昏昏沉沉的，所以睡到现在。"

崔丽影抬头看了一眼时钟，指针指向四点五十五分。

"耽搁老师下班了，我现在就带遥遥回去。"

郑遥？崔丽影一惊："他的爸爸不是带他回去了吗？"

"爸爸？"郑妈妈摇头道，"不可能，他爸爸已经在前年去世了！"

此时，崔丽影才惊觉自己根本从未见过郑父。既然如此，刚才那名白衣男子是谁？他是如何进来的？郑遥怎么会心甘情愿跟着他走？

此后，再没有人见过郑遥。

在警方发布协查通知，并且挨家挨户寻找目击者时，有个年约三十的女子声称在傍晚六点多的时候，在回家的一条僻静小道见到一个打扮怪异的男子拖着一个四五岁的小男孩，那个小男孩酷似寻人启事上的郑遥。

"那个男人看不出年纪，可能三十多也可能四十多，穿着像工作服一样的白色上装，脸上画着浓重的油彩，尤其是嘴巴，唇角一直延续到腮帮，看起来就像是……就像是……"

女子歪着脑袋想了很久，像是在思索该用什么样的词形容，"就像是小丑！"

女子注意到那个小男孩像是喝醉酒一般跌跌撞撞，眼睛似开似闭，任由男子拖着自己前行。她想要问个究竟，男子转头对着她咧嘴一笑，怪异无比的笑容让她心生恐惧，她不敢多管闲事，疾步而去。

日头已偏西，正是下班时间。咖啡店里坐着的人锐减，似乎对这群人而言，坐在咖啡店里发呆就是在上班。

林太太的眼泪一滴滴落在已冷的咖啡里，泛起阵阵黑色涟漪。

"那时，有一个关于'笑脸男'的都市传说，各种版本都有，传得沸沸扬扬。"林先生说道，"现在网络上偶尔也会有人讨论。但是相同的是,在那段时间,笑脸男拐走了好几名幼童,有男有女,年龄分布在三岁到五岁。不久之后,这些孩子的尸体在城市的不同角落被发现⋯⋯"

"别说了!"林太太嘶吼一声,"总之都是我的错!我为什么那么懒惰?都已经闲在家,我还没有照顾好若柏!我一无是处,我是个没有用处的傻女人!"

她突然拔高的声音引起周围人的注目,林先生握紧她的肩头,轻轻拍着她的手背以示安慰。

"所以⋯⋯我太太才会那么紧张若松。我们已经失去了若柏,因此把所有的感情都倾注在若松身上。唉!"

窗外开始飘雨,对面闪烁的霓虹将雨点幻化成五彩缤纷的水滴,紧贴着橱窗玻璃,缓缓落下。

方程注意到余美朱的脸色异常凝重,看起来魂不守舍,仿佛若有所思,她甚至没有在听林先生的叙述。

"余小姐,如果你找到你的堂姐,又或是有她的消息,请一定通知我们。"

林先生见余美朱久不回应,再三强调。

余美朱依旧不说话,方程只能说道:"两位,你们也有我的名片了,如果我们找到余美琪,一定第一时间与你们联络。不过呢,我倒是认为,你们不用太担心,或许明天又或许今晚,林若松就会打电话回来的呢。"

送走林家夫妇,按照原定计划,两人应当返回事务所整理今天收集到的所有资料。方程拷贝了郑星宇失踪时那家咖啡店的监控录像,准备仔细查看,以免遗漏线索。

接下来,他还要准备找到当时坐在店里的另外一对男女。对普通人而言,这种寻人犹如大海捞针,但是方程从事商务咨询那么多年,自有自己的一套做事方法。

"所以呢,由我来详细检查监控录像中的内容,你经验不足,所以你……"方程注意到余美朱双眉紧蹙,单手托着下巴,呆呆地望着车窗外的风景,表情非常严肃。

"美朱,你还在想笑脸男的事吗?"

听到"笑脸男"三个字,余美朱顿时回过神来,转头看了一眼方程,脸色苍白。

"怎么了?你还在害怕笑脸男吗?"方程为了活跃气氛,笑道,"我记得当年笑脸男的都市传说真是吓惨了一众小孩呢!据说很多家长在哄小孩睡觉时都会说笑脸男来接你了。"

余美朱好奇地问道:"你也知道笑脸男吗?"

"嗯,1998年我刚好八岁,已经念小学了,所以对这件事有印象。"方程将汽车停靠在一边,歪着脑袋陷入回忆,"应该是1998年刚开春不久,学校里就开始流传笑脸男的传说,各种各样的说法都有,最荒诞的是说笑脸男会吸血,是'吸血老妖怪'的私生子。"

说到这里,方程自己都忍俊不禁,他瞥了一眼身旁的余美朱,却发现她板着一张脸,殊无半点笑容。

方程轻咳一声，继续说道："刚开始这个传说只在学校里传播，后来连我的爸妈都来问我，再三告诫我万一遇到笑脸男，切勿因一时新奇而被拐走，一定要跑或者大声叫大人。"

"拐走……"余美朱低声说了一句，严肃的双眸渐渐浮上一丝忧伤。

"没错，就像刚刚那对夫妻所说的那样，就在那段时间，发生了多起儿童失踪案，绝大部分都是男孩。"方程摸着下巴，"这些小孩在失踪了三到五天之后，他们的尸体在本市不同角落被发现。后来出现了第一名目击者，她声称看到了笑脸男，并且当时笑脸男身边带着一名小孩。于是，其他目击者也接二连三地出现，基本都是说看到一名身穿白色上衣、画着浓厚小丑妆的男子，拖着一个昏昏沉沉、似睡非睡的小孩。男子咧嘴一笑，缺掉几枚牙齿。"

余美朱蓦地身子一抖，"缺掉牙齿？真有缺掉牙齿？"

方程点头道："是啊，所以那些目击者才觉得可怕，赶紧避开。"他轻拍余美朱的手背，引起她浑身一跳，这让方程微微有些不快。

"你还在害怕吗？女孩子就是胆小，不过你也不用担心。本来嘛，这也只是一段都市传说，何况，我记得后来又有传言，说是真正的笑脸男已经被抓住了，是个脑子有问题的疯子。"

"是吗？"余美朱的声音有点发冷，"那么林若柏又是怎么回事呢？"

"这个嘛，"方程想了想，"刚才那对夫妇没有提到发现林若柏的尸体，所以我认为极有可能遭遇了人贩子。所谓的目击者，你在入职时也接受过培训，人的观察和记忆并不可靠，尤其当年谣言满天飞，先入为主也很有可能。"

他想要重新发动汽车，却看到余美朱推开车门，钻了出去。

"你……"

"我不舒服，想要回家了。"余美朱冷冷地说道。

方程见她脸色略带惶恐，关切地问道："我送你回去吧！"

"不用了，这里有地铁站。"

说完这句话，余美朱也不和他打招呼，转身就向着百米开外的地铁站走去。此时正是下班晚高峰，人来人往，川流不息。她放慢脚步，盯着每一个迎面而来的人的脸，心中在思忖，那些个笑脸男的目击者，究竟看到了什么？

第十章 目击者说

第十章 日击者说

热气腾腾的菜泡饭里有干贝、排骨和娃娃菜,汤味鲜美、饭粒颗颗分明,一口下肚,曼妙柔和的滋味在舌尖蔓延。热汤驱走了身上的寒意,余美琪压抑的心情顿时有所好转,就连头顶吊灯的光芒也忽然变得明亮起来。

对面的林若松更是吃得稀里哗啦,连说味道极其美味,简直堪比某家知名饭店里的龙虾泡饭。

"什么龙虾泡饭呀。"万缜微微一笑,"我本想煮点干贝粥,不过现在这种情况,我也没心情候着火候,索性做点简单的菜泡饭。"

严慈悦吹着热气,缓缓吃了一口,"劳你费心了,这个泡饭真的很美味。"

八仙桌四周围坐着数人,独缺冯欣与周瀚。万缜吩咐赵梦去楼上唤两人来吃午饭。

"虽然不知道到底是什么情况,但是吃饱肚子总是不错的。"高凤亮为儿子盛了一碗,还特意多加了几块干贝和排骨。

高零那相当锐利的目光在众人的脸上扫了扫,低头看了看碗里的泡饭,忽然呵呵笑道:"对,吃饱肚子吧。我怎么总有一种最后的晚餐的感觉呢?"

这句话说出口,众人都放下了调羹,高凤亮愠道:"你闭嘴吧！要是真有什么奇怪的事发生，你没法参加高考，前途尽毁，看你怎么办？"

高零笑了起来，"爸，你说的话还真好笑。要外边当真是世界末日，能活下来就已经不错了，还谈高考？还谈前途？"

他戏谑了别人，胃口大开，自顾自吃起东西来。

余美琪起身来到窗前，轻轻拉开窗帘。屋外依旧是浓得化不开的黑暗，她想要拉开窗栓，试探外边的情况，但当手指接触到冰凉的金属栓的时候，她还是犹豫了。

赵梦走进客堂，说道："冯小姐说还是不舒服，不想吃饭。周先生不知道是什么情况，他没有应门。"

严慈悦没好气道："他的花样最多最麻烦了，还整天说能见鬼，大概他已经被隐藏在黑暗深处的鬼带走了。"

这次，就连高零都露出诧异的眼神。

"啊哈哈，严阿姨，平时看你那么温柔，原来说起恶毒的话，你真是一点都不比我逊色呢！"

面对高零的嘲讽，严慈悦心中悚然一惊，为什么？为什么我会说这样的话？这还是我吗？

她隐约察觉到，屋外的黑暗包围着众人，似乎正在准备激发这些人隐藏在内心的黑暗。

到时候，这里就会是完全属于黑暗的世界。

"是不是睡着了？"万缜皱了皱眉头。他生怕有什么变故，拿起备用钥匙走上楼去。

赵梦跟在他身后,"我刚才真的敲门敲了好久,里面什么反应都没。"

此时,其他几个人也走了上来,高风亮将耳朵贴在房门上听了听,摇头道:"难道周瀚也睡着了吗?"

高零突然打了个悠长的哈欠,"昨晚没睡好,真是累。"

高风亮白了儿子一眼,伸手敲了敲房门,说道:"周老弟,你睡着了吗?万老板煮了午餐,你要不要一起来吃点?"

屋内没有动静,高风亮又敲了几下,倒是住在走廊另一头的冯欣打开房门,疑惑地问道:"什么事?我说了觉得很疲惫,不想吃饭。"

万缜略一思索,对着屋内高声说道:"周先生,我们都很担心你,我开门进来了哦。"

说着,他掏出备用钥匙,打开了房门。

卧室本不大,开门就可以看到古典架子床。

赵梦低低地一声惊呼,只见周瀚后背朝上倒在地上,半边身体探在床底。这个姿势看起来,就像是准备钻进去找什么东西。

众人面面相觑,万缜蹲下身子想要将他拉出来,发觉他身材高大,一个人根本拉不动。林若松上前帮他,合两人之力,终于将周瀚顺利从床底拉了出来。

"莫非他有什么隐疾发作?"高零说话时的语气带着幸

灾乐祸。

　　两人将周瀚翻了个身，见到他的脸，在场的众人具是心头大惊，站在近处的严慈悦更是发出一声尖叫，脱口而出道："笑脸男！"

　　周瀚的脸上被人画上了重重的油彩，嘴唇上涂了鲜艳的红色，唇线一直延续到两颊，看起来就像是一个似笑非笑的小丑。

　　林若松一屁股坐倒在地上，吓得手脚并用，一直后退到门口。

　　万缜深深吸气，缓缓伸手到周瀚的脖子处，随后闪电般缩回手。

　　"他应该是死了。"

　　乍一看，周瀚的外表没有明显伤痕，不知因何而死。

　　冯欣听到响动，想要挤过来看个究竟。余美琪赶紧捂住她的眼睛，劝说道："欣欣，我劝你还是不要看了。"

　　"发生什么事了？"

　　"周瀚他好像死了。"

　　冯欣愣了下，顿时发出刺耳的尖叫，"不要！我不要和死人待在一个屋子里！我不要！"

　　说着她飞奔下楼，众人追赶不及，眼看着她冲进客堂，一把拉开了大门。

　　黑暗涌入，灯火俱灭！

　　客堂里陷入一片黑暗，几人站在楼梯口，借着二楼走廊上的微弱灯光，看见冯欣似被黑暗镇住，站在门口一动不敢动。

四周安静极了，只能听见众人略显急促的呼吸声。

"啊！"

冯欣蓦地发出歇斯底里的尖叫，刺耳的叫声唤醒了众人。万缜将手机调成手电筒模式，冲下去重重地关上了房门。

说来也奇怪，房门关上的瞬间，客堂里的灯亮了。

重见光明，所有人都松了一口气。冯欣额头上都是冷汗，她无力地瘫倒在万缜的怀里。

"还不来帮忙！"万缜命令道。

赵梦站在最后，余美琪主动上前帮他一起搀扶着冯欣在八仙桌前坐下，同时又倒了一杯热水。

冯欣机械地拿起水杯就往嘴里倒了一大口，又被烫得吐在了桌子上，可正是这刺激让她回过神来。

"有人！有人！"她指着大门，结结巴巴、词不达意地说道，"我看到有个人站在黑暗里，他瞧着我，发出嘿嘿的冷笑！"

"人？难道是江年？"赵梦猜测道。

万缜定了定神，猛然拉开房门。

这一次，客堂里的灯未灭，但是闪烁个不停。门外是无穷无尽的黑暗，根本伸手不见五指，哪里有人？

"你是发梦吧？"高零讥讽道。

冯欣无言以对，刚才她受惊过度差点晕厥之后，就在卧室睡到现在，一会儿梦见自己签约出道成了明星，一会儿又在梦中陷入无边黑暗不能脱身。刚才她所见到的人究竟是真实还是幻想，她根本不能确定。

"我……我不想和死人睡一层楼。"她抓紧了挂在脖子上的链坠，心中稍稍安定，"还有，我，我不想一个人住一间。"

余美琪细声细气地说道："你要是害怕，可以和我住一间。"

冯欣当即拒绝，"绝不要！因为……因为你就住在周瀚的楼上！"

万缜为难道："本来三楼倒还有一间空着，不过我们这间民宿入住率不高，所以那间屋子里堆放了不少杂物，这可……"

"欣欣，你和慈悦姐住一间好吗？"严慈悦柔声说道，"我们和周瀚同一层，但是毕竟是两头，我帮你一起搬过来好吗？"

冯欣略一犹豫，严慈悦到底要比她年长二十余岁，颇具长辈的亲和力，比起年纪差不多的余美琪，自然更有安全感。

"那就麻烦你了，慈悦姐。"

没人再敢接近周瀚的房间，林若松站在走廊往里张望，从这个方向看去，周瀚仰面躺着，鲜艳的唇线上扬，就像是在微笑。

"严阿姨。"高零若无其事地问道,"你刚才说'笑脸男',那是什么东西?"

即使严慈悦要比高零年长三十岁,但听到这样一个大男孩叫自己"阿姨",严慈悦多少心中有点不是滋味。

"你关心这种事做什么?"高风亮没好气地说道,"都已经是二十年前的事了。"

"哦?爸爸也知道的吗?"

严慈悦朝着周瀚的房间看了一眼,主动走上前将房门关上。仿佛隔了这道门,卧室里的尸体就不复存在。

"我想,关于这件事,我算是有点发言权。"严慈悦慢慢回到客堂,扶着八仙桌坐下,表情严肃,似乎陷入悠悠回忆,"因为……我就是笑脸男的目击者之一!"

1998年的10月,深秋季节,时年二十七岁的严慈悦本来是一家印尼独资企业的人事助理,因为受到亚洲金融危机的影响,企业大规模裁员,严慈悦便沦为失业大军中的一员。

为了赔偿诉求,严慈悦与公司闹得很不愉快,可以说是翻脸。离开公司的时候,夜幕低垂,街道两边渐次亮起路灯,天空中飘起零星的小雨,其实气温不算很低,潮湿阴冷的空气让严慈悦即使裹紧了羽绒服,依旧微微发抖。

身冷,心更冷。

在她父母这辈人眼里,只要女性超过二十五岁尚未婚嫁,便已经步入大龄之列。尤其是严慈悦本就性格沉默内向,更是所谓脾气怪异的"老姑娘"之明证。

想到明天开始就要日夜与父母相对,严慈悦心中一阵悲凉。二十七年来,她所能获得的所有情感体验都来自琼瑶、席绢,以及各类电视剧。她没有任何异性朋友,偶尔与男同事之间的交谈,大概多年来总共不会超过十句。

而如今,她连工作也失去了。

从公交车站走回家需要十五分钟,那是一条人迹罕至的小路,只有在早高峰时才会有零散的行人。沿街的路灯坏了几盏,正预示了严慈悦晦暗不明的前程。

她内心期待这条道路越长越好,最好永远没有尽头。她并不想回家面对永远处于焦灼状态的父母,更没有勇气说出明天开始她就要赋闲在家。

"小悦,你可怎么办呀?"

这是母亲的口头禅。她总是愁眉深锁,几乎每天都要用哀怨的口气说出这句话,却不曾想到,严慈悦的悲观消极正是源自她。

数米开外,一个售卖柑橘的小贩正在一盏亮着的路灯下摆地摊。那个人看起来也差不多二十多岁,他并没有叫卖,神情木然,看起来同样对未来充满着迷茫。

此时,严慈悦听见身后传来细碎的脚步声,一会儿轻一会儿重,像是有人拖着脚跟在走路。她微微转过头,阴影处,有个父亲正拉着一个五六岁的小男孩慢吞吞地走着。

说是慢,其实父亲的步伐很大,小男孩几乎是被他生拉硬拖，好几次小男孩都跌倒在地，然后又被父亲硬生生拽起。

严慈悦心中不忍，多看了几眼，而那对父子刚好走到了小贩所在的路灯下。

灯光流淌在他们的身上，将男人的面孔映照得清清楚楚。

那是一张惨白惨白的脸，像是涂了十七八层粉底，稍微动一动肌肉，就会有白色粉末簌簌掉落下来。男人的眼睛周围用深蓝色眼影打底，与一张白脸形成鲜明对比。

但是最让严慈悦心惊胆战的是他那张血红血红的阔口，唇角画得很长，直到腮帮子。

他身边的小男孩全程双眼半开半闭，如同梦游。

那个小贩也惊到了，他慌乱地收拾了满地柑橘，拉上推车就跑。严慈悦赶紧跟在他身后，隐约间，她仿佛看见男人咧开大嘴似笑非笑，尖尖的牙齿大概沾到了唇膏，微微发红。

她几乎落荒而逃，就算回到家里依旧心有余悸。

这个男人是什么路数？为什么要化这么浓艳的妆容？那个小男孩又怎么回事？她满腹疑问，但也无意求证。毕竟她接下来要面临的处境，不容许她多管闲事。

1998年的时候还没有出现智能手机，聊天室是严慈悦排遣寂寞的好去处。但实际上，她言语乏味，就算在网络上有个娇媚的网名"万紫千红"，也未能给她增添几分桃花运。

为了忘记刚才的奇异遭遇,她登录聊天室想找熟悉的网友聊聊,顺便看看同城是否有求职机会。

刚刚上线,她发现聊天室里热火朝天,与以往热衷于讨论男女交友的话题不同,这次大家讨论的话题是一则都市传说。

有一位网友说,最近城市里流传着一个笑脸男的传说。这个男人脸上画着浓妆,嘴唇涂得血红,唇角长长地延续到耳根,看起来就像在对着你笑。

男人总是带着一个昏昏沉沉的小孩,貌似是父子或者父女。但是实际上他完全不顾小孩,大步流星的时候小孩子就在地上拖行。

严慈悦心中悚然一惊,再回看之前的留言,居然被她找到了一张笑脸男的照片。据说这是一个观鸟爱好者在无意中拍摄到的,虽然像素不佳,但是依稀便是她刚才看到的男人。

之后的一段时间,网络上对于笑脸男的各种揣测层出不穷,越说越是离奇。有的说笑脸男是个单身父亲,妻子离他而去,不久又发现儿子并非亲生,于是便精神失常。

还有说笑脸男其实是人贩子,故意打扮得奇形怪状,一来恐吓路人,二来掩盖真容。

更多则是说笑脸男是心理变态者,小时候缺乏家庭关爱,以至于特别痛恨受到父母疼爱的小孩。他时常以幼儿园校工的面目出现,锁定园中家庭经济条件良好的小孩之后,以笑脸男的身份将其带走。

"后来我在警方发布的寻人启事上看到那天的小男孩，这时我才正式确认，我撞见的就是笑脸男！"

其他人还沉浸在她的叙述中，冯欣脸色苍白地问道："那么，你还记得寻人启事上的小男孩是谁吗？"

严慈悦想了想，"哎，说到这个，那个小男孩据说是本市某个富翁的孙子，叫作郑遥。"

高风亮接口道："这个我也听说过，貌似是笑脸男将他从幼儿园中带走，至今生死不明。"

冯欣握紧了脖子上的吊坠，不知道口中念念有词在说些什么，倒似在祷祝。

第十一章　心理专家

第十一章 小说文字

2018年11月19日星期一，晚上八点零三分。原本月朗星稀，不知何时开始，空中开始飘起绵绵细雨，乌云悄悄遮住了月亮的脸。

十七楼某个房间未拉窗帘，屋内没有开灯，唯有电脑屏幕闪烁着荧光，反射在余美朱的脸上。她双眉紧蹙，显得心事重重。

1998年的时候电脑尚未普及，网络也是以拨号上网为主，许多报纸杂志根本没有网络版。她通过搜索引擎翻找了几十页，有关于笑脸男的讯息寥寥无几。

唯一一篇篇幅比较长的文章还是三年前一个网友在某个怪谈类的论坛所发，也就是笼统地讲了一些有关于笑脸男的都市传说，基本就是打扮怪异、形同小丑，总是牵着一个小孩，目击者声称小孩似乎被灌了迷药，走路不稳。而这些小孩，几天后都会无一例外陈尸野外，死状可怜。

网友列举了一些当时社会上的各种揣测，无外乎心理创伤引发、人贩子故弄玄虚等，大约是相距时间甚远，阅读量很少，有关帖子内容的回复几乎没有。

这时她的手机传来提示音，原来她所关注的人在微博上有了更新。打开微博App，发现更新的人是与顾翼云齐名的另外一位女性心理专家侯秉琳。自从顾翼云指控余美琪窃取客户资料之后，余美朱就在微博上关注了这两位心理专家，想要从社交媒体上了解她们。

侯秉琳比顾翼云年轻五岁，毕业于本市一所知名大学心理系专业，研究生学历。她曾经暗讽顾翼云是个中文系毕业生，只不过去香港进修了一个心理学课程就好意思开设心理咨询室，纯粹靠炒作，完全不专业。

这也是导致两人水火不容的原因之一。另外两人都是主打美女心理咨询师人设，自然是竞争对手。

侯秉琳更新了一条微博。不同于顾翼云，她极少在社交媒体上展露自己的生活。她发的每一条博文基本都是与自己的专业相关，或是案例，或是一些活动信息。

这条微博是介绍她的新书，同时通告下周二会在某家咖啡书店进行签名售书活动。

余美朱很想私信问问侯秉琳同余美琪之间的关系，但想想又觉得不妥。

她百无聊赖地一条条翻阅着侯秉琳的微博。这位心理专家不同于顾翼云，每次发布博文的时间间隔都比较长，有时一两个月才会发么一条。因此她很快翻到了去年，侯秉琳贴了一段视频，附言是"毫无专业水平，纯粹是有了结论后倒推原因"。

余美朱点开那段视频，画质很模糊，杂音不少，时间长约十分钟。

即便如此，余美朱还是能明显分辨出那个侃侃而谈的女子就是顾翼云。她看了看标题，这是一档在上世纪90年代末相当火的访谈节目，名叫《城市追击》。

余美朱出生于1996年，对这个节目毫无印象。

"第一，笑脸男脸上涂着厚厚的油彩，这样做的原因不仅仅是为了隐藏本来面貌，最重要的一点是为了掩饰他的胆小和怯弱。不知道大家有没有注意到，他刻意突出唇彩，像个小丑般咧开嘴，这是为了什么？这正是一种讨好！

"其次，我发现目前所有的目击者都是女性。这可以被视作笑脸男刻意在女性面前现身，但是他又并非在恐吓女性，相反，他牵着一个幼童，冲着女性微笑，这显然是一种示好。那么问题来了，这个成年男子为什么要向女性示好呢？

"能做出这种行为的人，无疑患有严重的人格障碍。但是大家再想一想，如果想要讨好女性，为什么要带着一个孩子呢？

"那是因为，他知道可以用小孩来加深女性对自己的好感。会产生这种想法的人，极大的概率，曾经有过婚姻。我敢大胆地揣测，笑脸男是一名失婚男子，他可能还有个孩子。失去妻子对他的打击很大，导致他精神异常。于是，他用油彩掩饰内心的怯弱，画上笑脸，带着小孩接近独行女性。

"人的精神状态是间歇性的，在他异常的时候，他画上油彩，拐走孩子，但是当他恢复神智的时候，如何处理小孩成了很大的问题。可能第一次杀人并不是为了灭口,而是小孩的哭闹引起的冲动。

"他在发病时不由自主做出一些行为,在神智恢复时就想要补救。但是人逃不脱的弱点就是自私和胆怯,当他认为自己无法逃脱拐带小孩的罪责时,采取的方式就是杀掉小孩。从另一个方面来说,我认为,小孩认识他也说不定。

"目击者都说,笑脸男身穿白色工作服。大家仔细想想,什么单位会有白色工作服呢?食堂?园丁?或者是幼儿园从业人员?"

这段视频全部都是顾翼云的分析剪辑。她语速很快,每一句话都加重语气以示强调,只是太过刻意,难免显得强势。

余美朱凝视着电脑屏幕,直到视频播放完毕,她还呆呆地坐在那里一动不动。

脑海中,她仿佛看到了一个身穿白色工作服的男子,由于神情惶恐、行动迟缓,脑袋受过伤的缘故,他就连说话也会比别人慢上半拍。他总是对别人露出讨好似的微笑,尤其是针对女性,那是因为他的妻子抛弃了他,而他,又是多么深爱着他的妻子。

那群家长堵在门口,男人们将他围在中间,为首者疯狂地辱骂着他,其余人义愤填膺,不断推搡他。女人们在哭泣,现场混乱成一团。

不知是谁狠狠地推了男子一把,男子踉跄跌倒,他结结巴巴地请求宽恕，并且说明自己感到头很痛，可是这一切在别人眼里，无异于做贼心虚。

男人几次想要爬起来，都被人用脚踹倒。他再站起来、再被踹倒；再站起来、再被踹倒……如此几次三番，男人终于躺倒在地上不再动弹，而愤怒的人群依旧在不断踢打他。

矮小、瘦弱的男人，孤零零地躺在地上，犹如一只幼小的兽。

泪水迷蒙了余美朱的视线，她眨了眨眼睛，一颗珍珠般的泪珠落了下来，溅在她的手背上。

门外传来父亲的声音："美朱，你在里面？怎么不开灯啊？"

父亲将门拉开三分之一，客厅里的光线照进卧室，形成明显的明暗分界，一半被灯光所照耀，另一半依旧被黑暗统治。

余美朱勉强笑了笑，"我在上网呢，爸爸。"

父亲端来一盘切好的水果，摆放在她的写字台上，问道："你联络上美琪了吗？不是说好周日过来吃饭的吗？怎么一声不响地跑掉了。"

"爸爸对堂姐真是好。"

父亲苦笑道："你伯伯比我大十四岁，从小就是他照顾我，真的称得上是长兄如父。他发生这种事，我怎么能不好好对待美琪呢？这女孩子真是命苦，亲眼看见自己的父亲……唉！"

余美朱的目光落在床头的相架上,那是她和余美琪的合影,相差两岁的堂姐妹初中和高中都在同一所学校念书。这张照片是高中校运会上,两人依偎在一起,她们的容貌颇为相似,但是神情迥然不同。

余美琪在当时也不过仅仅十八岁,笑容却是如此虚弱,就像是内心隐藏着无数心事,就算偶尔开怀,也稍纵即逝,随即就会被更多更浓的愁思所吞没。

她再次拨打余美琪的移动电话,这次传来的是冰冷的机械女声:"对不起,您所拨打的电话暂时无法接通……"

"是不是爸爸或者妈妈说错了什么话,惹得美琪不高兴呀?"父亲性格温和,遇事总是先思考自己的不是之处。

余美朱微微摇头,"不会。堂姐一直说爸爸你对她实在太好了,是她自己有了心理阴影,总是无法走出过去。她还说以后要孝顺你呢,怎么会因为一两句话就玩失踪呀?"

"那么,美琪会不会遇到了什么事?仔细想来,她并不是那种没有交代的人呀。"父亲说道。

余美朱握紧手中的电话,暗自思忖余美琪究竟身在何处。林若松曾打电话告诉父母,他将和百合花小组的成员一起去郊外散心,最让他高兴的就是可以与美琪多多相处。

那么,他们到底在不在沉园镇?

前天余美朱赶到"晓风残月"时发现大门紧锁,她本有意报警,可是方程却认为单凭一通电话,警方根本不会破门而入,何况后来在电话中,余美琪说话怪异,信号时断时续，简直就像是恶作剧。

不，余美琪绝对不会搞恶作剧。

余美朱叹了口气，父亲摸了摸她的额头，微笑道："女儿，累了吧？吃点水果休息吧，或许你堂姐不方便接电话呢？别想太多了。"

父亲离开她的卧室，顺手将房门掩上。

此时电脑屏幕自动转暗，室内顿时陷入黑暗，只有靠近窗台的地方有些虚浮的光。

如果，余美琪待的地方没有信号呢？什么地方没有信号？地道，仓库，还是电影里常常演到的保险库？

余美朱正在胡思乱想，忽然手机铃声响起，在这寂静的黑夜中，让她不免吃了一惊。

"美朱，你睡了吗？"方程的声音从那头传来。

"不，没有。有事吗？"

"我在公司查看拷贝的监控记录，我发现了一点问题。"

在余美朱跳下汽车自顾自离开后，方程径直回到了事务所。

同事们都陆陆续续下班了，安静的办公室正适合他仔细查看监控录像。

方程趁着咖啡店老板不注意，将整整一个月的监控录像都拷贝了下来。长期的调查经验告诉他，有时当天或许没有异常，但是长远来看，必有特殊之处。

他从郑星宇失踪那天看起，正如警方所说，并无任何线索。只见郑星宇离开座位几分钟后，郑太太大惊失色地起身寻找，接下来就是店员们跑进跑出帮忙找人的画面，最后警方赶到，盘问了一会儿后也帮着找，直到晚上十点半关店。

他从傍晚六点看到晚上八点半，眼睛酸涩、腰酸背痛。他有打算去找当时在咖啡馆里的另外一对男女，不过人海茫茫，就算他有一定的资源，也未必就一定能找到，即便找到，也未必就有线索。

办公室里最后一名同事也下班离去，他索性关掉头顶的白炽灯，拧亮桌子上的小小台灯。比起清冷的白炽灯，这种亮黄色的灯光为他带去犹如阳光般的温暖。

他振作精神，开始打开前一日的监控录像。

只看了一小段，他就觉得有些不妥。

反复查看了几遍，他终于想通不妥之处究竟在哪里。

在郑星宇失踪前一日，监控录像所能照到的位置并没有那么狭小，相反，就连摆放蛋糕的玻璃冰柜都能看得一清二楚。

郑太太说过，郑星宇是去玻璃冰柜挑选蛋糕，但是由于摄像头的位置不对，根本看不到郑星宇有没有去那边。

方程将之前一个月的监控录像一一点开，果然，只有郑星宇失踪那一日的摄像头位置被挪动过。

这是人为，还是巧合？

之所以只需要挪动一天的位置，那是因为警方一般只会调取郑星宇失踪当日的录像，其他日子的录像与案情没有关系。

方程忽然想起郑太太曾经说过，每周一下午放学后，她都会带郑星宇在这家咖啡馆吃些点心，随后再出发赶往围棋班。他点开案发一周之前，也就是11月5日的录像。

下午三点四十五分左右，郑太太带着郑星宇袅袅婷婷地走了进来。她穿着高跟鞋有如女王，郑星宇则慢吞吞地跟在她身后，就像是一个小丫鬟。

点上两杯饮料之后，郑星宇开始做作业，郑太太则照例埋首在网络世界里。

突然，方程瞳孔稍稍收缩了一下。

半个后脑勺出现在摄像头里，从发型判断，似乎就是咖啡店老板。他保持着相同的姿势足足有两分钟，从他的朝向来看，他似乎在研究郑太太母女。

"所以，你认为咖啡店老板有所隐瞒？"

"是的，明天我们再去一趟。"

余美朱不置可否，就在五分钟之前，她向老板请了两天假。

真巧，她心中默默想道，我也发现了一点问题。

第十二章　特异少年

林氏家训 第二十册

2008年7月17日，晚上七点二十八分。正值盛夏，天色将晚未晚，光线似暗未暗，一轮明月出现在昏暗的天空里。

　　高风亮早早地吃了晚饭，与八岁的儿子高零下了一盘象棋。趁着妻子揪住儿子去洗澡的当口，他打开电脑，点开他常去的一家新兴视频网站。

　　再过两分钟，这个视频网站就要开始播放一档自制的综艺节目——《灵魂中转站》。这档综艺节目美其名曰"原创"，其实是照搬海外的一档节目，就连片头都差不多。

　　节目聚焦奇异经历，每周一三五在网络上播放。周一是"鬼屋探秘"，周三是"奇谈怪论"，周五则是"看见幽灵"。

　　今天放送的栏目就是"看见幽灵"，节目组每期会找到一个自称有奇异经历的人，在节目中和观众分享自己的"见鬼"经历，有时候还会展现特异能力，是三个栏目中最受欢迎的那个。

　　节目采用谈话的形式，每期都会有几个半红不黑的明星作为嘉宾，说些半真半假的撞鬼经历。高风亮很少关注娱乐新闻，那三个坐在录影棚里的明星，他一个都不认识。

　　"本次要向大家介绍的是一位年仅十六岁的少年，让我们欢迎周同学！"

这档节目的女主持人说话语气相当夸张，明明只是非常普通的遣词造句，从她的嘴里说出来总是一惊一乍。高风亮听久了觉得耳朵疼，不过他想，或许节目就是需要这种风格吧！

　　一段同样怪异的音乐过后，一个身材高瘦的少年缓缓从录影棚里忽然升起的烟雾中现身。在主持人的引导下，他向观众们道了一声好。

　　"周同学是吧？你今年十六岁？"女主持人问道。

　　"是的。"少年手握话筒，神态自若，一点没有头一次参加电视节目的紧张感。

　　"听说你以前是个大胖子？"

　　少年笑了笑，"是的，初中的时候，我才一米七八这样，但是体重超过二百斤，嗯，有二百一十斤。"

　　"哇！"女主持人瞪起她铜铃般的大眼，"那你现在多高多重呀？"

　　"一米七八，七十一公斤。"

　　"哇！"女主持人又是一叫。高风亮皱起眉头，他暗自下了决定，不论这档节目有多受欢迎，如果这个女人再这样一惊一乍地叫一次，他就立马关掉视频。

　　"很标准的体重啊。"一个小明星说道，"周同学现在又高又帅，简直可以直接进演艺圈啦！"

　　"周同学怎么那么有毅力减肥？"女主持人笑道，"我们女孩子最关心这个了呢。"

少年切入主题,"不是我刻意减肥,我是被吓瘦的。"

三个小明星都坐直了身体,露出好奇的表情。

"哦?这怎么说?"女主持人问道。

"两年前,也就是我念初二的时候。那时我们班上转来了一个女孩子,她很开朗,很快就融入班集体。我记得事情发生的前一天,女孩子请假回去了,理由是参加奶奶的大殓。当天下午,我因为体测不合格被体育老师罚跑,你们知道,两百多斤的胖子,随便跑几圈就累得够呛。"

小明星们发出一阵哄笑。这时插播了一段广告,高风亮一扭头,只见八岁的儿子高零就站在他的身后,聚精会神地看着电脑屏幕。

"阿零,暑假作业做完了没?"

高零点点头,他是个话不多的男孩,虽然只有八岁,但是举手投足间给人一种沉稳感。

高风亮对这个早慧的孩子非常满意,总觉得有乃父之风。毕竟高风亮是个高级知识分子,最近他刚刚被评为研究员。他今年不过三十八岁,这在极度讲究论资排辈的研究院来说,绝对算是个异数。

好好培养阿零,他一定会超过我,最起码也是接班人。

高风亮这样想着,广告时间结束,节目重新开始。

"下课后,我觉得很累很累,几乎连腿都抬不动。就在我走进教室的时候,我和那个女孩子擦肩而过。就在这电光石火般的一瞬间,我看到有个形容枯槁的老太婆跟在女孩子的身后。她面容青紫，就像是电视里那种窒息而死的人。她用怨毒的眼神，死死盯着女孩。"

"啊！"

女主持人和小明星们再次发出惊叫，高风亮看得入神，忘记了刚刚自己暗下的决定。

"那后来女孩怎么样了？"

少年叹了一口气，说道："第二天，她就没来上课，据说是从楼上摔下，摔断了腿。"

"啊！"

"这个老太婆就是女孩的奶奶吗？难道奶奶之死与女孩有关？"三个小明星中长相最聪明的一个开口问道。

少年苦笑道："后来是有类似的传言啦，说奶奶长期患病，女孩子责怪奶奶用了太多钱，同家人拔掉了奶奶的氧气管。"

"好恶毒的女孩子！"女主持人叫了一声。

"其实我也有点不好意思，如果不是我说出来，可能她不会摔断腿。直到现在，我还有点内疚呢。"

少年嘴上说内疚，可是他的表情却非常轻松自在。

"不不不，你这是为民除害。"一个小明星说道。

"这是你的第一次奇异经历吗？"

少年解释道："其实不是哎，以前也有过几次。按照我爸爸的说法，应该是每当我特别疲惫的时候，体质就会变得比较敏感。"

"那么周同学，今天你来到我们节目，是准备用超能力寻人还是寻物呢？"女主持人问道。

少年说道："寻人。"

"是哪名失踪者？"

"不知道在座的各位还记得十年前的都市传说'笑脸男'吗？"少年问道。

小明星们互相低声交谈，他们是新晋小鲜肉，年纪都不超过二十五岁，十年前笑脸男被传得最沸沸扬扬的时候，他们还在初中念书，都有所耳闻，重提"笑脸男"，立刻引发他们的激烈讨论。

"听说过，我们学校传笑脸男是个吸血鬼。"

"这个不是吧？我们学校的同学有人见过他，感觉像是个女的。"

"乱讲，笑脸男哪有那么神秘，真身应该就是一个人贩子！"

"各位！各位！"女主持人打断他们的讨论，"让我们听听周同学的说法。"

少年笑笑，"据说当初有一个叫作郑遥的小孩失踪，今天，我就想以我的超能力来寻找郑遥。"

摄影棚灯光渐暗，一段在恐怖片中常见的诡异音乐响起。少年双目紧闭，双手握拳，不一会，他就微微发起抖来。

摄影棚里的音乐越来越急促，小明星们的神情也变得越来越紧张。

"很冷。"少年喃喃说道，"很潮湿，又湿又冷。"

女主持人悄悄说道："又湿又冷，莫非是在水底？"

"不对。"那个长相比较聪明的小明星说道，"如果是水底，怎么会说潮湿呢？"

"很黑，这里非常黑。"少年忽然开始喘气，"很腥臭的味道，是泥土！"

小明星们又开始窃窃私语，现场的气氛十分紧张。

高风亮注意到视频下的留言多达数百条，大多数都在猜测，周姓少年是否真能找到那个失踪男孩的下落。

"我听见鸟叫的声音，还有人在跺脚！是的，就在我身上跺脚！别跺了，我觉得很疼！"

少年猛然睁开双眼，汗流浃背。

"潮湿的泥土，听见鸟叫，还有人在跺脚。这是否可以认为，埋尸地点是在某个公园？"聪明脸明星说道，"跺脚或许就是老人在晨练，潮湿的泥土或许是刚下过雨？"

高风亮盯着这个明星看了一会，心想果然相由心生，聪明面孔笨肚肠的情况并不是很多见。

这时，高零突然发出一声嗤笑。

高风亮诧异地回头，高零明显流露出可笑的表情。

"胡说八道。"

"阿零，你在说什么？"

"这个人在胡说八道，笑脸男哪有那么简单。"高零冷冷地说道。

望着儿子冷酷的脸,高风亮心中一紧。

高零才八岁,他怎么会知道十年前的事?何况为了他的视力着想,高风亮和妻子对他的上网时间有严格限定,每天不能超过一个小时,每次都要在父母的监督下上网。

砰的一声,妻子端来的水果撒了一地。她的脸色发青,双唇抖动,顾不上清理地上被摔烂的西瓜,一把搂过高零。

"不许看这种无聊的东西!"妻子高声训斥道。

记忆中,妻子温婉柔和,甚至有时未免显得过于胆小懦弱。她是一个典型的家庭妇女,凡事以高风亮为先,有时就连高风亮都不免感到心怀愧疚。

而现在,他内心深处的愧疚更深更沉,就像是这屋外的黑夜一样。

唉,那一天,要是我……

"高老师,原来这周瀚就是那档节目中的少年呀!"

严慈悦的话将他纷乱的思绪拉回到现实中,高风亮点头道:"没错,我对这档节目的印象很深。不过就在周瀚上过节目后不久,听说被抄袭的那档海外节目提出严正警告,这个节目最后只能停播了事。"

林若松似乎想起什么说道:"周瀚这个人,到底是因为什么病来到顾老师的咨询室的?"

如今一楼已经被黑暗入侵,众人齐聚在二楼严慈悦的房间里,虽然周瀚本人并不讨喜,但如今他以诡异的方式死去，高凤亮又回忆出他就是十年前自称能找到被笑脸男拐走的男孩的少年，两者联系在一起，总让人感觉玄妙。

"是啊，我记得周瀚只提到过一次，说是他有狂躁症。是不是啊，美琪？"严慈悦转头去问站在墙角的余美琪，才发觉她的脸色非常差。

众人的目光都凝聚在余美琪的身上。她沉默了一会儿，说道："我看过他的病历，事实上，他并非狂躁症那么简单，而是撞鬼。"

赵梦和冯欣各自一颤，高零却表现得很感兴趣，连连追问道："哦？撞鬼？怎么个撞鬼法？美琪姐，你说来听听？"

"阿零！"高凤亮喝止道。

高零冷冷地回答："现在这种氛围，除了说说鬼故事，还能怎么办？或者有谁自告奋勇，去那片黑暗中探索下？不过别忘了血手印，说不定下一个就是你。"

冯欣的呼吸开始急促，她伸手握住脖子上的吊坠，背对着大家，嘴里喃喃自语。老实说，室内的灯光并非十分明亮，她披散着一头齐腰长发，身穿白色睡裙，这样躲在角落里不知叨念着什么话，倒是更像恐怖片里的桥段。

余美琪真担心她一个转身，立马会露出一张恐怖的鬼脸。

"美琪，到底怎么回事？"

高凤亮前脚呵斥儿子，后脚还是忍不住主动问道。

"周瀚的情况很奇怪,我听顾老师的意思,其实也是一种妄想症。"

"和我一样吗?"林若松好奇地问道。他这个人很是特别,普通人若是有精神疾病,生怕被别人知道,引人侧目。林若松却是不同,他丝毫不遮掩自己所面临的困惑,相当坦荡。

余美琪摇摇头,"之前高老师看过那个什么综艺节目,周瀚自称是在初二时见鬼。事实上,他告诉顾老师,一切都是他为了博取别人的关注而编造的谎话。"

高凤亮"啊"了一声,"也就是说,周瀚后来所说看到那个叫什么郑遥的小男孩的藏尸地,也是假的?"

"说假嘛,又不能说完全是假。"

原来周瀚的本意的确是引起他人注意,在2008年的那期节目之后,他成为当年的网红,更是学校的风云人物。可惜好景不长,某日他一觉睡醒,忽然就如他在节目中所说那样,幻听,幻视,老是闻到根本不存在的味道,偶尔还会看见一个浑身沾满淤泥的小男孩站在不远处看着自己。

之前他也接受过心理治疗,病情时好时坏,前不久或许是工作压力太大也可能是感情纠纷,周瀚的心理疾病再次爆发,他又开始看到脸色发青、浑身淤泥的小男孩冷冷地看着自己,于是他主动来到心理咨询室求助。

"说不定。"高零淡淡说道,"杀死周瀚的就是笑脸男的鬼魂。"

"你又在乱说。"

打断高风亮的责备,万缜问道:"你为什么这么说?仅仅因为周瀚假装见鬼博眼球?"

高零笑了笑,"你们不上网的吗?据说当年有个幼儿园员工被怀疑是笑脸男,不幸被愤怒的家长们失手打死,事后警方却表示并没有确凿的证据证明他就是笑脸男,更何况,即使他就是笑脸男,也没有证据证明就是他带走了郑遥。所以……"

他审视着屋里的一干人等,"周瀚谎称见到被笑脸男带走的小孩。"他的手指指向严慈悦,引起她一阵微微战栗,"你是所谓拐带小孩事件的目击者,至于其他人,我想或许也有着和笑脸男千丝万缕的联系,只是说不出口罢了。"

此时此刻,万缜注意到,冯欣猛然回头看了一眼高零,随后又闪电般地转了过去,抖如筛糠,显然是害怕极了。

第十三章　不知所终

戰國策下　卷三十三

方程一直等到中午十二点半，还是没有看到余美朱的人影，打她电话总是无法接通，这让方程非常生气。

　　余美朱是在今年五月来到事务所实习，七月份毕业后顺理成章签约成为一名调查员。事务所看中她的计算机专业背景，而余美朱生性顽皮，也不愿意当一名有上班无下班的程序员。

　　事务所章程规定，为了避免道德风险，一个案子必须由两名以上的调查员负责，拜访客户调查取证更是缺一不可。方程原计划上午就去"转角遇到爱"咖啡馆，主要目的是确认摄像头的位置。

　　虽说店主挪动摄像头的位置并无不妥，但若是刚好在案发当天，未免太过凑巧。

　　"美朱请过假了吗？"见方程坐立难安，另外一位同事问道。

　　方程摇摇头，自从那天她接到余美琪的怪异来电后，余美朱的状态就变得很奇怪，总是心事重重，若有所思，和她说话也时常答非所问。

　　笑脸男。

　　方程的脑海中蓦地跳出这三个字，当初这个都市传说虽然一度是本市热门话题，但是他当时毕竟年纪小，除了学校里一些以讹传讹的传闻之外，对详情并不了解。

他点开搜索引擎，以"笑脸男"或者"都市传说"为关键词查找，时隔二十年，网络上的讨论很少，得到的信息与他所知基本差不多。

"咦！笑脸男？你在找这么久远的都市传说？"刚才那位同事凑过来看了一眼，大惊小怪地叫道。

方程看了他一眼，他比自己晚入行一年，年纪也小一岁，工作内容以资料收集为主，是调查员们的后方支持。

"小梁，我想起来你好像曾经收集过不少怪谈资料。"方程记起就在半年前，事务所承接了一起协助解救陷入传销组织少女的案件。为了掌握这个组织的行踪，救出少女，小梁搜集了大量相关资料，其中就有不少都市怪谈。

"是啊，因为曾经有人说过都市传说是制造恐慌的工具之一。你说的那个笑脸男时间太久，的确资料不多，但还是有那么一点。"小梁边说边在自己的电脑文件夹里寻找，很快将一些资料打包发送到了方程的邮箱。

"制造恐慌。"方程点点头，"这个观点很新颖，但不是没可能。"

这时，前台小姐走进办公室说道："方主任，有位郑太太找你，好像很着急。"

方程顿时皱起了眉头，事务所正式接单才不过两天，不过他也能理解郑太太的心情，毕竟女儿已经失踪半个月，多耽搁一天，郑星宇就多一分的危险。

他跟着前台来到会客室，郑太太的气色不错，脸上的妆容很浓，还烫了一个大波浪，栗色的头发堆放在肩头，很是漂亮。她身上的大衣面料考究，脖子上挂着一条满是碎钻的毛衣链，价值不菲。

　　见到方程，她居然还笑了一笑。

　　猩红的嘴唇咧开，无端让方程联想到笑脸男。或许，当年笑脸男也是涂着这么厚重浓烈的唇膏。

　　"郑太太，我们目前还在调查中，其实已经掌握了部分线索，不过……"

　　他话未说完，就被郑太太打断。

　　"是这样的。"郑太太纤长的手指伸进小背包。方程注意到她修补了指甲，晶晶闪亮，似乎贴了水钻。

　　她取出一张支票放在桌子上，轻轻往方程那边推了推。

　　"这是五万元支票，关于我女儿失踪案，我想要终止合同。"

　　方程顿时愕然，"难道是郑小姐已经回来了吗？还是郑太太准备委托其他事务所调查？"

　　郑太太摇摇头，"其实呢，终止合同是我先生的意思。我们目前有其他打算，所以这五万元是作为对你们事务所的补偿。"

　　方程作为资深调查员，也有不少警察朋友，并未听到郑星宇失踪案有什么进展，所以对终止合同表示无法坦然接受。

"其实呢，虽然市场上调查公司很多，但是良莠不齐。我们事务所还是相当正规的，所以……"

郑太太淡淡地说道："你以为是有其他调查公司撬墙脚吗？我看是你多虑了，其实我们只是想忘掉不快，开始新生活而已。"

方程惊讶地问道："那么郑小姐怎么办呢？难道就不去管她了吗？"

郑太太避而不谈，"总之呢，我们今天开始解约。方主任，如果你不同意，我可以直接找你们老板谈，到那时，说不定就是投诉了。"

方程无言以对，只能收下支票，目送郑太太踩着七厘米的高跟鞋，一步三摇地离开事务所。

他刚将支票交给财务，并且吩咐行政准备解约，前台小妹一脸嫌弃地走来问道："刚才那个郑太太就是七岁女童失踪案的委托人？"

"是啊，不过现在不是了，她刚刚和我们解约，赔偿款都拿来了。"

前台压低声音说道："刚才我和她擦肩而过，刚好听到她在讲电话，你猜她接下去准备干什么？居然是去做面部护理啊！她真是够冷漠无情的，女儿还没找到，就有心情打扮得花枝招展。"

的确有悖常情。方程心中也充满着疑惑，他还记得两天前拜访郑家时，郑太太一副悲伤欲绝的样子，那时她顾不上打扮,连手指上的指甲油都掉了几块。

究竟是什么事,让她在两天之内就振作心情了呢?

刚才方程听郑太太每句话都不离郑先生,很明显终止合同也是郑先生的意思,他开始对郑先生感到好奇,思考郑太太所说的新生活是什么意思。既然郑星宇还没有回家,他们夫妇俩又如何开展新生活呢?

在网络上搜索郑先生的资料很容易,他叫郑永城,是一家外资银行的高级雇员,年薪百万起。不过这些并不会让他在网上留名,八卦论坛对他津津乐道的是他在三年前打了一场争遗产官司,当时动静闹得很大,电视台的法制节目还专门做了一期报道。

这场官司的轰动之处在于一张奇异的遗嘱。郑家在民国时期算是不大不小的资本家,在本市有不少不动产。上世纪90年代时落实政策,返还了大半的房产。这些房产基本都是位于本市市中心的小洋楼,每一栋都价值不菲。

这些财产均在郑父一个人的名下,郑父生于1933年,郑永城是最小的儿子,在他之上有四个兄弟姐妹。郑父在1998年的时候,曾经生过一场大病,险些与世长辞,为了避免纠纷,他立下了一个遗嘱。

按照郑家传统,所有不动产都由长子继承,其余现金由兄弟姐妹平分。郑永城的长兄郑永辉早逝,留下一个五岁的儿子郑遥。郑父非常疼爱这个孙子,于是在遗嘱中写明,他名下所有不动产都由郑遥继承。

不幸的是，就在1998年11月，郑遥无故失踪，直到前年郑父去世，郑遥还是下落不明。

由于郑永城是郑家目前唯一的男丁，郑父留下遗嘱，二十年后，也就是2018年若还是没有郑遥的行踪，所有的不动产都由郑永城继承，现金和股票由两位姐姐平分。

由于郑家其实是旧时资本家，不动产是有，但是现金并不多，总共也只有百来万，这让两位姐姐非常不满，一纸诉状将郑永城告上了法院。

更为奇妙的是，就在昨天，法院做出终审判决，郑父的遗嘱有效，所有不动产归郑永城所有，他只需要拿出部分现金补偿给两位姐姐，不会超过一两百万。

原来是得到遗产的喜悦冲淡了失去女儿的伤痛。方程默默地想，真的能冲淡吗？又或许人与人不同，他不能理解他们的感受。

"还对姓郑的不死心啊，其实我们也只是拿钱办事，既然人家决定解除合约，我看就算了……"同事小梁捧着一杯刚刚冲好的咖啡来到他身后，话说到一半戛然而止，他凑过去盯着方程的电脑屏幕，喃喃道："郑遥……是那个郑遥？"

方程愕然道："哪个郑遥？"

小梁解释道："你还没看我刚才发给你的资料包吧？这个郑遥，应该就是1998年'笑脸男'事件中下落不明的五岁小男孩。"

方程立刻点开资料包,有关笑脸男的材料并不多,目击者也就几名而已,之所以会造成社会性恐慌,关键在于一个小孩的失踪。

这个小孩,就是郑遥。

"其实根本没有证据证明郑遥的失踪与笑脸男有关,我一直怀疑所谓笑脸男,很有可能只是一个有精神障碍的男子。之所以有人将他与郑遥的失踪联系在一起,主要是因为这个女人的证词。"

小梁指了指资料包里的一个视频,点开一看,是一段只有十几秒钟的采访。一个二十七八岁的女人,面部打着马赛克,画面底下有注明:目击者,严小姐。

女人的声音颤抖,似在竭力回忆很不愉快的经历。

"就是在前几天,我下班回家路上看见的。大约是傍晚六点半,就在松花北路和漠河路交界处,那里还有条很小很小的马路,叫青平路。我沿着青平路往北走,那天天色很暗,我隐约看到前方有个男人,手里拖着一个四五岁的小孩。那小孩好像很不情愿走,几乎在地上拖行。"

镜头外有人递了一张照片给她,她看了一眼,犹豫地说道:"是,我觉得可能是他。"

"就是这个女人的证词,坐实了是笑脸男拐走郑遥这件事,这也间接造成一个幼儿园员工的死亡。"小梁又点开一张图片,那是1999年1月7日的报道照片,上面写着:

"幼儿园员工疑似笑脸男,众多家长讨说法酿悲剧。"

文章中说，自从1998年11月底新闻谈话节目《城市追击》播出之后，著名心理专家顾翼云对笑脸男的分析赢得了众多观众朋友的认可。他们认同顾翼云的结论，将对笑脸男的怀疑集中在幼儿园员工等有限的几个工种上，同时也认为，郑遥只是一个开端或者尝试，接下来笑脸男的犯罪行为将会升级。

1999年1月4日，旭日升幼儿园家长们无意中发现园丁余某的工具包里装有油彩等物品，怀疑他就是笑脸男。余某似乎精神状态有问题，说话答非所问，被众人包围时表现得手足无措，这更让家长们视作心虚。

推搡间，余某不慎跌倒在地，磕到头部，引发血管破裂，等到救护车赶到时已经宣告不治。

直至截稿，警方还不能确定余某就是传说中的笑脸男。

方程的目光落在"余某"上，心中微微一动。

余美朱也姓余，难道她与这个"余某"有什么关系吗？她出生于1996年，1998年时年仅两岁，她是从什么地方得知这个传说的？为啥她听到"笑脸男"这三个字时，表现得如此失态？

方程拿起了电话，立时三刻就想找到她，可惜就像之前那样，她的电话总是无法接通，似在刻意躲避自己。

他关掉照片，将注意力重新转回到郑星宇失踪案上。

都是郑家的小孩，一个五岁，一个七岁，他们之间又会有什么联系？

即便郑太太已经终止合同,他还是对咖啡店里的摄像头充满好奇,无心之失还是有意为之?咖啡馆老板为什么要久久凝视那对母女?

想到这里,他还是赶了过去,反正合同结束,有没有余美朱跟着都无所谓了。

上班时间,咖啡馆里没有客人,一个男侍应百无聊赖地坐在收银台后玩着手机,听到有人进来的提示门铃,他条件反射般地叫了一声:"欢迎光临!"

方程认得他,之前两人攀谈过,郑星宇失踪那天也是他当班。

"又是你。"男侍应放下手机,"你是来找资料的,还是顺路喝一杯咖啡呢?"

方程环顾四周寻找摄像头,随口问道:"你们老板呢?他不在吗?"

男侍应向着门外努努嘴:"他出去买烟了。"

"老板每天都来吗?真是勤劳呢。"

"是的呢。每天打烊后,老板都要留到很晚呢,我想可能是在盘账吧。"

方程隔着玻璃门,看见马路对面有个中年男子,嘴里叼着一根烟从便利商店走了出来。他低头用打火机点燃香烟,一抬头,刚好和方程四目相对。

老板愣了下,才抬起步子跨下人行道,他没有注意到左边疾驰而来的一辆电瓶车,整个人被撞倒在地,头部重重地磕在街沿上，立刻不省人事。

方程惊呆了，男侍应也愣在当场。也不知道哪里冒出来的路人，马上就将老板围了起来，指指点点。

第十四章　恐怖幻影

第十四章 混合神经网络

"你在胡说什么？"严慈悦涨红了脸，看起来有点像是恼羞成怒，"我和笑脸男会有什么关系？如果有关系，也是被他惊吓的关系！"

高零若无其事地说道："那我就不知道了。周瀚明明没有什么特异能力，却谎称能见鬼，或许就是他的胡说八道惹恼了笑脸男。至于我们几个嘛……"

他转头向着在场的数人扫了扫，虽然年仅十八岁，可是他的目光却是出人意料地锐利，有着远远超越年龄的成熟。

众人与他的眼神稍稍一接触，居然都情不自禁地开始怀疑自己与笑脸男之间可能存在某种关系。但是想着想着，又觉得不免有些可笑，除了高风亮与严慈悦之外，其余人都不足三十岁，能与笑脸男有什么关系？

"你们想想，笑脸男为什么要杀死周瀚？"

听见高零说到"杀死"时，严慈悦不禁缩了缩肩膀。随后，大家听见"噗"的一声，就像是烧断了保险丝似的。万缜大惊，急忙拉开房门，看到走廊安然无恙，他不由得松了一口气，又似想起什么，他走到另一端周瀚的房间，趴在地上从门缝里往里望去，看不到一丝光亮。

"刚才有人关掉周瀚房间的灯了吗？"

他话一出口，就知道自己明知故问。现在这种情形之下，谁还敢关灯？

"黑暗吞噬了周瀚！"冯欣转过头来说。她大概刚才害怕地哭过，眼妆全花，青紫色的眼影显得她眼眶凹陷，搭配清瘦的脸庞，让她看起来似乎老了十岁。

"周瀚自己不是说过一个故事吗？有一个永远黑暗的世界！我听说过笑脸男的故事！他或许就是来自那个永远黑暗的世界！专门带走小孩子！将不听话的小孩带去永远黑暗的世界！"

冯欣说话颠三倒四、气喘吁吁，眼神有些散乱，她紧紧抓着脖子上的链坠，像是在低声祈祷。

严慈悦赶紧扶住她，愠怒道："高小弟，你能不能不要危言耸听？现在这种环境下，个人情绪很容易被放大，欣欣是个女孩子，她禁不起你这样恐吓。"

高风亮也责备道："你给我回房间去！"

"回房间？回哪个房间？你的房间还是我的房间？"高零指了指周瀚的房间，笑道："爸，你住在周瀚对面，害不害怕？"

高风亮顿时皱起眉头，他很想在儿子面前表现出无所畏惧，可是一门之隔就是周瀚那面貌怪异的尸体，还有不知是从何而来的黑暗，这让他不寒而栗。

"就像我所说，你们觉得笑脸男为什么要杀死周瀚？"

高零重提刚才的话题。余美琪说道："你说是周瀚胡说八道惹恼了笑脸男，他的确是在用谎言博取关注，但是笑脸男愤怒的点是什么呢？难道是不愿意成为众人讨论的话题吗？"

高零的嘴角扬了扬，带着一种发现别人秘密的诡异笑意："或许那个带走小男孩的人，根本就不是笑脸男！"

严慈悦愣了下，头顶上显得有些昏暗的吊灯灯光仿佛让她回到那个阴冷的傍晚，那条孤独偏僻的小巷里，一个无力叫卖的小贩，以及拖着一个小孩，慢吞吞地走着的男人。

男人一回头，咧开一张血盆大口。

严慈悦心中一颤，可是在恐惧之外，她竟隐隐有种怀念。

虽然当时的情况很恐怖，可是那个时候，她只有二十七岁，她还没有遇到那个伤害她身心的男人，她的思思既没有出生，更没有死。

如果老天给她机会让她重来一次，她愿意回到那个阴冷晦暗的巷子里，最起码，她可以再拥有一次思思。

这一次，她绝不能再失去思思。

"你是说我看错了吗？不可能。"严慈悦静了静有些凌乱的心绪，冷静地说道，"我记得很清楚，那个人就是笑脸男，他画着很浓很浓的小丑妆，尤其是嘴角，红色的弧线高高扬起，看起来就像是永远在笑！"

"那也只能说你看到了笑脸男而已。"高零说道。

"不！"严慈悦坚持道，"他身边的确带着一个小孩，我看得一清二楚！"

眼看两人就要开始争执,万缜做了个暂停的手势:"各位,省点精力吧!现在楼下被黑暗笼罩,到底什么情况还不清楚。比较糟糕的是厨房在楼下,大部分食物都在厨房里,所以我们吃东西可能需要做个统筹。"

林若松往余美琪那边凑了凑,低声问道:"美琪,你害怕吗?"

余美琪勉强笑了笑。从林若松和她相识之日起,她就总是心事重重、愁眉不展,现在看来倒是有一种别样的镇定。

"害怕也没用。"余美琪淡淡地回答,"现在这种情形,不要说黑暗形成的原因,就连黑暗中有什么存在我们都不知道。"

林若松想了想,又看了看她,重重地点了点头,似下了什么重大决定般说道:"各位!既然现在谁都不知道发生了什么事,我决定摸着墙壁出去看看外面到底是什么状况!"

众人俱是一愣,余美琪更是想不到以往貌似胆小听话的林若松会说出这么一句话来。她开口劝解道:"千万不要冲动,大家还是要从长计议。"

林若松轻轻握了下她的手,"如今楼下都被黑暗笼罩,连食物都成了问题,如果不去查看一下,我们坚持不了多久。万老板,你有绳子吗?我将绳子绑在腰上,我拉一下绳,说明没问题,要是拉两下绳子,你们立刻把我拉回来,好吗?"

谁都知道进入黑暗有相当的危险性,可若要了解"晓风残月"是否就是黑暗之海中的孤舟,这不失为一个办法。

众人用手机照明,陪着林若松来到楼下客堂。在光线照不到的地方,都是可怕的阴暗角落,就连那张八仙桌底下,也似有东西在蠢蠢欲动。冯欣盯着那里看了一会,抓紧了严慈悦的手臂。

在腰上绑上绳子后,林若松的神态有些怪异。余美琪猜测是因为他一时冲动,主动请缨,但是事到临头又觉得很是害怕。

的确,站在房门口,那几部手机照出的光芒十分暗淡,就如同是燃料不够的火炬,仅仅能照见不足两米的地方,其余都隐没在深不可测的黑暗之中。

"且慢!"

余美琪将自己的手机递给林若松,"虽然可能照不远,但是至少有点光线可以壮胆。你的手机没电了,就用我的吧!"

林若松感激地看着她,"嗯,事已至此,我们不能坐以待毙!"

万缜抓紧绳子的一头,林若松深深吸了一口气,向着门外慢慢踏出第一步。他的半边身子顿时消失不见,宛如被黑暗斩断。他扶着右手边的墙壁,一步步走入黑暗,众人所能看见的,是晾衣绳从万缜手中一点点往外移。

众人谁都不敢说话,耳边隐约能听见相互之间的心跳声。

突然，原本松松的晾衣绳绷紧了，万缜感到手上有一股大力，似在与他角力。

"怎么回事？"高风亮惊道。

"那一头好像出事了。"

万缜被那一头带出了屋子，高风亮急忙帮着他一同拉住绳子，他同样感到那一头力道很足。地上有些湿滑，两人的脚在一点点往外移，这时余美琪也抓住了绳子，合三人之力，总算稳住了。

众人拼命睁大眼睛，可是在他们眼前的只有无穷无尽的黑暗。看久了，仿佛那是一个黑洞，有着无穷的引力，要将他们吸进去。

林若松发生了什么？那一头到底是谁在拉扯？

终于，从黑暗中出现了一双紧紧拉着晾衣绳的手，随后林若松脸色惨白地出现了。他剧烈地喘着气，面露惊恐之色。

"喂，你有什么发现吗？周围还有其他人吗？"

高风亮摆摆手，阻止高零再说下去，帮着万缜将林若松扶上三楼他自己的客房。

林若松将自己窝在架子床旁的圈椅里，手里捧着余美琪端来的一杯热水，瑟瑟发抖。

"我很害怕，真的很害怕。"

林若松大口大口地喝了几口水，这才缓过神来。

他腰上系着绳子，摸索着墙壁走进黑暗，不过数米，就连客堂内传出的灯光都消失不见了。当时他的内心就在想,这个黑暗,能够吞噬光芒,或许也会吞噬我。

林若松打开手机上的手电筒,能见度最多也就一米开外,他摸索着粗糙的墙壁缓缓往前走,大约走了十几米,顿时摸了一个空。此时他眼不能视物,除了电筒照出的微弱光圈,四面八方的黑暗压迫而来。

他勉强往前走,但走了数步,他就再也无法迈开步子。

普天之下,不,应该说整个宇宙,仿佛只剩下他一个人。他就像是那些科幻电影里在太空中孤独行走的宇航员,一旦连接绳断开,就会堕入永恒的虚无。

没有前方,黑暗正在将他逐渐吞噬。

林若松感到无比恐惧,他猛然转身,也不管方位是否正确,拼命拉住晾衣绳,沿着绳子往回走。即使看不见东西,他也拼命睁大眼睛。

所幸,黑暗并没有吃掉他。

"你们知道吗?当我整个人被黑暗包围的时候,我有一种感觉,如果我再多待一会,我就会在黑暗中永远溶解。"

林若松非常疲惫,他看起来随时随地就会睡去。

"我想,周瀚说得对。"林若松神游般地从圈椅上站起,就像是喝醉了酒似的,他脚步虚浮地走向窗户,盯着窗外那团黑暗,低声说道:"那个永远黑暗的世界一定来临了。"

这句话真正激发了众人心中的恐惧。万缜赶忙将房间内的窗帘全部拉紧,仿佛只要这样就能抵挡窗外浓厚的黑暗侵袭。

"若松,不管怎么说,还是要谢谢你。"余美琪真心道,"不是所有人都有进入黑暗的勇气。"

"不,你们不明白。"

林若松慢慢走到余美琪的身边,幽幽地看了她一眼,说道:"黑暗真的很可怕、很可怕,但是最可怕的并不是黑暗,而是出现在黑暗里的那个东西。"

这间卧室很小,不过十平方米多一些。众人都不敢站在窗户这边,唯恐就像周瀚的那个房间,黑暗瞬间就突破了墙壁的限制,将他们吞没。

"什么东西?"万缜起了好奇心。

"蔚蓝。"林若松吐出这两个字,像是终于释放出藏在心中的秘密,又沉重又轻松。

万缜与赵梦互望一眼,一脸莫名其妙。

"那是什么东西?"

高凤亮叹气道:"那个tulpa(幻想伙伴)吗?你又见到了它?"

余美琪皱起了眉头,林若松苦笑道:"我想,我大概旧病复发了。"

刚刚离开屋子,不过几步之遥,林若松就再也看不到门庭前的灯光,眼前一片黑暗,有那么一瞬间,他以为自己盲了。

第十四章 恐怖幻影

他深深呼吸，稳定情绪后扶着墙壁一步步往前走。刚开始还好，手上潮湿冰冷的水泥触感给了他真实感，可当他摸索到墙壁的尽头，发现前方什么都没有的时候，他一下子迷失在天地之间。

失去视力，没有方向，他不敢随意迈步，而是双手牢牢抓住腰上的晾衣绳，生怕失去这最后的依托。

这时，他发现不远处出现了一个模糊的人形。

四周依旧是一片漆黑，这团人形就像是用白笔在黑布上涂抹似的。渐渐地，人形越来越近，越来越近，也越来越清晰，林若松看清了此人的长相，忽然心中一沉。

那个人的身型、五官，乃至衣着风格，都与林若松一模一样。他双腿没有动，根本没有步行，倒更像是被一片黑暗"推"了过来。刚开始还很远，只不过林若送心念一动，那人就出现在他面前。

是谁？他是谁？

那人的面孔惨白，眼圈却是乌黑，好似熬了许久的夜。他定定地看着林若松，嘴角慢慢露出不怀好意的微笑。

林若松感到那人的脸就快要贴上自己的脸了，惊慌之下，他一把拉紧晾衣绳，如同一个溺水之人抓住了一根浮木，不管不顾地顺着晾衣绳拼命往回跑。

"期间我还摔倒过。"

林若松起身卷起裤腿向众人展示了膝盖上的伤口，随后在墙角坐下，双手紧紧抱着膝盖。

"即使如此,你怎么知道那个人就是tulpa?"余美琪问道,"我记得你以前说过,tulpa只是一种思维训练方式,你可以赋予tulpa各种能力,长相也是由你而定,甚至你可以给它特定的经历。难道……"

林若松苦笑道:"那段时间,工作特别忙,公司老板要求又很多,我压力非常大。我总觉得同事们都在排挤我,人事随时随地准备招人代替我。我真不想去工作……所以……我在训练tulpa的时候,放入了很多我自己的经历。我将蔚蓝塑造成和我一样的程序员,他拥有和我一样的知识、一样的经历、一样的相貌。我曾经想过,如果有一天,蔚蓝能实体化,他就可以代替我去工作。那些嘲讽与痛苦,也都由他来承担。"

"亏你想得出。"

"可是他真的出现了,我觉得很害怕。"林若松蜷缩得更紧了,他几乎要将头埋进双膝之间,"我以为经过顾老师的治疗,我的病已经好了。可就在刚刚,当我和他面对面的时候,我能感受到他深不可测的恶意。"

第十五章　确有其人

第十五章 确有其人

"柳小姐,请进。"

顾翼云从办公桌后抬头,打量着由新助理引领进来的病人。那是个身穿黑衣黑裤的女子,留着齐脖短发,厚重的刘海下是一副黑框眼镜,显得沉闷又老气。

她的年龄或许并非很大,但是畏缩的神态让她看起来像是一个没有见过世面的乡下妇女。

顾翼云又低下头,目光落在面前的病历上。

女子名叫柳苏,今年四十八岁。

顾翼云微微一愣,心想以四十八岁的年纪来说,这个女人的皮肤倒是保养得相当好。估计是天生的,因为从她的衣着打扮来看,她并不像是个有钱人。

"我……我可以坐下吗?"

柳苏指了指面前的弗洛伊德榻,怯生生地问道。

顾翼云哑然失笑,她见多了各种各样的人,几乎所有女性在面对自己的时候,都难免会做出种种自惭形秽的举动。可能她们本身并未察觉,也不是刻意为之,可惜就是这种不由自主,更让顾翼云感到得意。

"当然。"顾翼云居高临下地伸了伸手,做出一个"请"的姿势,"不知道我该怎么帮你呢?"

柳苏战战兢兢地躺了上去,真皮触感十分高级。她显得很扭捏,这更让顾翼云感到好笑,嘴角忍不住浮现出一丝笑容。

"如果你觉得不舒服,坐着也可以,未必一定需要躺着。"

于是,柳苏从榻上站起,坐在顾翼云对面的一张单人沙发上,双腿合拢,双手放在膝盖上,这模样简直就像是在接受面试。

"那么,我该如何帮你呢?"顾翼云再次问道。

柳苏不语,她呆呆地看着顾翼云,良久才开口道:"我……最近总是在做梦。"

顾翼云不动声色,心中一阵发笑。

女人梦多,除了生活中的压力之外,很大程度上是"性压抑"。瞧瞧这位柳小姐手上并无戒指,看来尚未婚配,如今她已经四十八岁"高龄",想要找到理想中的对象,恐怕是机会极低,难免有"压抑"。

"嗯,能具体说说吗?"顾翼云低下头,假装在病历上写字,其实纯粹在一张白纸上乱涂乱画。这样的病人她见多了,只要开些松果体、褪黑素、酸枣仁之类助眠的药物就行了。

柳苏怔怔地说道:"我……我一直做着同样的梦。"

顾翼云皱了皱眉头,"你还记得吗?能详细说说吗?"

柳苏双手轻轻绞在一起,显得相当不安,又似乎在寻找合适的语言:

"我梦见自己站在一条前不见尽头、后不见来路的狭长小巷里。

"好冷啊,一阵阵阴冷的风从四面八方吹来,我不禁加快脚步,想要尽快离开这条甬道般的巷子。

"四周很昏暗,每隔十几米就有一根电线杆,一盏盏路灯发着清幽的灯光。其实这根本没什么用处,在灯光之外,是晦暗不明的阴影。

"我身不由己地往前走去。我走得很孤寂,四周安静得出奇,没有一点儿风声和人声,仿佛与世隔绝。

"这条小巷呈弧形,当我拐过一个弯时,赫然发现前方有两个人。

"一个是五六岁的男孩子,走路拖拖沓沓,似乎很不情愿;另一个则是身材矮胖的男人,背影看不出年纪,他拽着小男孩的手,昂首挺胸大步向前走,完全没有在意小男孩是否能跟上自己的步伐。

"小男孩好几次都差点跌倒在地,每一次都被男人狠狠拉起。

"男人走得很急,一会就见不到两人的背影。

"我继续向前走,发现前方又是一个弧型拐弯,我停住脚步往后看去,乌沉沉一片,无穷无尽。

"我正在犹豫该不该继续往前走,忽然耳边传来一个男人低沉阴鸷的声音:'你走得太慢了!'

"我吃了一惊,猛然回头,只见那个带着小孩的男人竟然走到了我的身后。男人雪白雪白的一张脸似画着浓妆，描了深蓝色的眼线，显得眼睛又大又冷酷。最怪异的是一张血盆大口，刻意将唇角延续到双颊，就像是日本都市传说中的裂口女。

"'你走得太慢了！'

"男人阴惨惨地吼了一声，松开牵着小男孩的手，向着我的肩膀就是一推！

"我身不由己，朝着前方跌去，而眼前已经不再是阴暗的巷子，而是一片茫茫的黑暗虚空！"

顾翼云的脸色微微一变，她紧紧地盯着柳苏，想从她的脸上看出什么答案来。她冷漠地问道："然后呢？"

柳苏端坐着的姿势忽然松弛下来，她将后背倚靠在沙发背上，双手也轻松地搁在扶手上，轻轻地说道："然后，我的梦就醒了。"

"你做这个梦有多久了？"

柳苏歪着头想了一会，"好像在二十年前。"

顾翼云顿时停住正在做记录的笔，"二十年前？"

"是的。二十年前，我记得流传过一个很恐怖的传说，叫作什么笑脸男，据说此人是来自黑暗的使者，专门带走小孩。后来，也似乎真的有个小孩被他给带走了……"

顾翼云挥挥手，似在阻止她继续说下去，"那这和你做的梦有什么关系？"

柳苏猛地站了起来，大步来到顾翼云的办公桌前，瞪大了眼睛说道:"顾老师!你刚才没有仔细听我的说话吗?我梦见一个裂口女似的男人,脸上画着浓重的油彩,还拖着一个小孩!这不就是笑脸男吗?"

"我不知道为什么总是梦见他,难道……"柳苏在顾翼云的办公室里踱来踱去,喃喃自语,"难道我曾经见过他吗?"

顾翼云顺着她的话往下说道:"嗯,也并非不可能。当年有多个目击者都声称见过笑脸男,就算你当年见过,也并不是很稀奇。"

"那么我为什么会不断梦见他呢?"

"梦呢,是对现实歪曲的体现。"

顾翼云忽然感到一阵心慌,是柳苏厚镜片后的眼神闪着不怀好意的光吗?还是她的内心隐约有种奇异的、不祥的预感?

她定了定神,继续说道:"二十年前的笑脸男事件,的确很轰动,那个失踪的小男孩至今下落不明。或许在当年,你曾经见过或者听到过笑脸男,印象太过深刻,因此总是深埋在心底,一旦有机会,他就会以各种形象出现在你的梦中。"

"是吗?"柳苏的声音变得有点戏谑,"要是我认为,当年拐走那个小男孩的人根本就不是笑脸男呢?"

顾翼云愕然道:"你说什么?"

"你凭什么认为是笑脸男带走了小男孩?"柳苏冷冷地

问道。

顾翼云的脸色变了,她凝视着柳苏,"你是谁？"

这时,办公室门外传来喧嚣之声,女助理着急地说道:"不行啊,没有预约,记者不能随便访问顾老师。哎,你们不能进……"

女助理被推进办公室,身后跟着五六名手拿照相机、录音笔的记者。其中有一两个顾翼云曾经见过,更收过她的好处写软文吹捧她,而今天他们却一副正义凛然的模样,似乎完全不认识她。

"顾老师！网络上有人爆料,说你的文凭完全不过硬,只是去香港进修了一门心理学课程而已,有没有这回事啊？"

"顾老师！你知道最近你在二十年前的《城市追击》里分析笑脸男的片段又被放到网络上了吗？很多人都说你是一派胡言,纯粹是有了结果之后倒推过程,是不是这样呀？你回应一下嘛！"

"顾老师……"

突如其来的访问让顾翼云猝不及防,连挤个招牌式微笑的时间都没有,她瞠目结舌的样子瞬间被摄入为证。她可以预见,明天各大门户网站和社交媒体上,一定都是关于自己的热搜。

一定是侯秉琳！刚才那个柳苏,她一定是侯秉琳派来的奸细！

不！

顾翼云心中一惊，她发觉柳苏的神态隐隐竟与余美琪有着几分相似。两人之间是什么关系？母女？

她转头想要去找柳苏，却发现她早已悄悄地走了。

方程抓着余美朱的手，一路拖着离开了大厦。他一把抓掉余美朱头上的假发，摘下她的眼镜，冷笑道："我倒是没有看出来，你还真有当调查员的天赋，连变装都学会了。"

余美朱反唇相讥，"还是你更有经验，把记者都叫来了。"

"当然，我不会打无把握之仗。你这样冲过去找顾翼云有什么用？她为人老奸巨猾，根本不可能对一个病人说实话。但是她向来喜好虚荣，这群记者打了她一个措手不及，你看到她的表情了吗？她的表情早就说明了一切，她果真是个不学无术的骗子！"

余美朱垂下头，"是，我是太冲动了。可是……我想到大伯他……我就很难过很难过。"

"你大伯？"

虽然方程早就料到笑脸男与余美朱有特殊关系，但此时从她嘴里亲口说出来，还是让他稍稍有些吃惊。

"是的。"余美朱似鼓足勇气般说道，"我的大伯余伟雄，就是二十年前臭名昭著的'笑脸男'！"

"为什么？"

余美朱深深叹了一口气，虽然拿掉了头套和眼镜，可她忧伤的表情倒是与"柳苏"完全一样,她仿佛还未曾从角色扮演中走出来,兀自沉浸在刚才的梦境里。

"我的大伯,真是一个老好人。他比我的父亲年长十四岁,而我爷爷死得又很早。真可谓是长兄如父,他帮着奶奶一起带大我的父亲。也因此,他直到三十七岁才和伯母成婚。"

余美朱只在照片上见过伯母吴淑筠,那真是个活泼好动的美人,与木讷呆板的伯父站在一起,的确很不般配。

余美朱曾经问过父亲余伟信,但是就连余伟信都说不清楚兄嫂二人如何会相恋、结婚。又或许两人根本没有相恋,只是为了结婚而结婚。

但是显然,余伟雄对妻子情深义重。

余伟信说,他有时隐约有点"妒忌"嫂嫂,是嫂嫂分走了哥哥对自己的无私之爱。可以说,只要吴淑筠稍稍使上一个眼色,余伟雄就甘愿上刀山下火海。

不过,美人不可能围困在一处。

在余美琪四岁的时候,也就是1998年年初,身为营业员的吴淑筠偶然结识了一位富商,相处不过短短两个月,她就决定抛夫弃女,跟随富商远走高飞。

临别时,余伟雄兄弟带着余美琪赶到机场挽留吴淑筠。余伟雄苦苦哀求,就差跪倒在地。

吴淑筠说:"你真是一个跳梁小丑,当初如果不是实在没办法,我也不可能嫁给你。你看看你这张呆板的脸,这样吧，你笑笑，如果笑得可爱，或许我会回心转意。"

谁都知道吴淑筠在戏弄丈夫，余伟雄不顾弟弟的劝阻，硬是挤出了一丝怪异的笑容。他拼命咧开嘴，想要笑得自然些，结果只露出了白森森的牙齿。

"伯母当然没有留下。"余美朱站在花坛边，机械地扯着冬青叶子，一片、两片、三片，青绿色的树叶落在她的脚下，"而伯父执念太深，变得很奇怪。"

余伟雄开始冲着马路上的女人笑，有时为了笑得明显，他会故意把嘴角画得老长，一直延续到两腮，看起来就像是微笑的小丑。

"我父亲说，他带着伯父去医院看过，非常明显的精神分裂症。伯父在一所幼儿园上班，但我父亲不敢通知他的单位，因为那个年代，若是没有了工作，伯父的一生就真的完了。"

见她双眼晶莹欲滴，方程顿生不忍。他轻轻拍着她的肩膀，问道："后来就发生了那起意外，对吗？"

余美朱仰头看着大厦，三十三楼就是顾翼云的心理咨询室。大楼很是豪华，因此第一次前来求助的病人都会对她产生信赖感。可就是她在1998年的那期电视节目上胡言乱语，直接导致众多家长把矛头指向余伟雄。

"那个郑遥到底去了哪里，是生是死，我真的不知道。"余美朱说道，"可是我敢保证，我伯父绝对不可能拐带他。因为完全没有意义，伯父所有的执念就是挽回伯母，他要那个孩子做什么呢？"

方程指了指停放在便利店门口的汽车，微笑道："我们再不过去，就要被警察贴条啦！"

余美朱歉然道："对不起，我耽误你调查案子了。郑先生没有责怪我们吧？"

方程为她拉开车门，自己返回到驾驶座，苦笑道："郑永城已经和我们解约了。"

"啊，难道是因为我？"

方程摇摇头，"并不是。你这两天都在忙私事，有件事不知道吧？郑永城就是二十年前失踪男孩郑遥的叔叔！呵，郑家二十年前失踪了一名五岁男童，二十年后失踪一名七岁女童。似乎这其中还有什么关系呢！"

第十六章 记忆深处

室内拉着厚厚的窗帘,将外边的阳光隔绝。不过十平方米的斗室,师傅坐在蒲团之上,身旁点着两盏小灯,灯芯微摇,隐约间发出淡淡的绿光。

这就是屋子里的唯一光源,勾勒出前方端坐着的师傅的轮廓,有如虚幻的影。四周烟雾缭绕,不知道燃了什么香,气味很是奇怪,刚开始是恶臭,随后却是浓香扑鼻,让人昏昏欲醉。

光线晦暗不明,让冯欣几乎怀疑身在噩梦之中。

她已经跪在那里良久,师傅并没有理睬她,而是自顾自地低声诵经。那是一种奇怪的经文,使用她完全听不懂的语言,没有任何抑扬顿挫、高低起伏。听久了,冯欣似感到自己已经与这间斗室融为一体。

诵经声止,师傅突然睁开眼睛,视线闪电般射向她,在身旁灯火的照映下发着绿莹莹的光,这让冯欣想到深山老林中的野兽。

师傅没有说话,四周安静极了,只有浓香依旧。

冯欣心中开始忐忑不安,看这位师傅赤膊穿着一件马夹,露出的双臂上布满文身,一直延伸到布料遮盖的地方。

"你……考虑清楚了?"师傅吐字并不清晰,咬文嚼字很用力,冯欣暗想或许这是他平常以方言为主的缘故。

考虑清楚了吗？真的考虑清楚了吗？

冯欣低头看着自己的双腿，不清楚也要清楚了。

几年前，她因一场意外摔断了左腿。这是一次严重的受伤，左边脚踝粉碎性骨折，开刀夹了钢板、上了钢钉。她在家里足足休养了一年，待到第二年取出这些东西的时候，她的体重增加了十多斤，身材走样，而左边足尖也再难支撑身体。

不是没有想过重整旗鼓，只是减肥容易，心理阴影却总是挥之不去。明明医生说她的脚踝伤势已经恢复，她还是会在跳舞时分心，不仅姿势僵硬、站位错误，有时甚至还影响其他舞者。

"你还是退休吧！"

冯欣不敢相信当时才二十二岁的她，竟然已经需要考虑退休事宜。其实老师对她不错，为她找了一份在少年宫教小朋友舞蹈的工作，也算是专业对口。

可是冯欣不甘心，尤其当她在电视上看到以往不如自己的舞者竟也能在舞台上翩翩起舞，她心中的怨气就更大了。

"我再问你一遍，你考虑清楚了吗？"师傅加重了语气，"一旦决定就不能回头了，以后产生任何结果都要自己承受！"

冯欣深深吸了口气，浓香从她的鼻腔一直蔓延到脑髓。这股香气让她镇定，让她想到自己失去的所有尊荣和经受的所有痛苦，于是坚定地回答道："是，我考虑清楚了！"

屋内烟雾更浓了,她透过层层迷雾只能看到师傅碧绿莹莹的双眼。

是的,那真的是一双野兽之瞳。她在心中默默地想,可现在只有这头野兽,才能拯救自己。

经过一场异常痛苦的仪式,她拿到了这块银光闪闪的佛牌。

"这尊小像,寓意平安、顺利、人缘、财运、健康。当然,还有……我的法力和你的念想在其中,你要时时刻刻佩戴在身上,除了沐浴,绝对不可以随便摘下。明白了吗?"

此刻冯欣眼前烟雾茫茫,师傅的声音仿佛透过云端而来。听起来说是忠告,倒不如说更像是恐吓。

她缓缓睁开双眼,首先映入眼帘的是头顶那并不明亮的顶灯。不知道是不是心理作用,她总觉得灯光比起昨天,又黯淡了许多。

大概是为了减轻心理压力,严慈悦将窗帘都严实地拉上,可是躺着的冯欣,透过布的缝隙,依旧可以看到窗外浓重的黑暗。

说不定,过一会儿这里就会像楼下一样,灯泡瞬间熄灭,黑暗吞噬一切。想来也并非不可能,对面周瀚的房间不就已经成为黑暗世界了吗?

耳边传来烧水的声音,她微微侧过头,看到严慈悦背对着自己的身影。

每间客房都配有烧水壶,三楼储物室里存有一些罐头食品，因此即使不下楼也不至于断了供应。不过众人的心里很清楚，吃喝尚在其次，一旦整栋楼陷入黑暗，他们该何去何从？

冯欣尤其记得自己一时冲动打开楼下大门，那无穷无尽的黑暗仿佛可以吞噬一切。当下她心中只有一个担忧：永远黑暗的世界来临了！

她不自觉地唉了一声，叹气惊动了严慈悦，她缓缓转过身来，柔声道："你醒啦？心情好点了吗？他们都回各自的房间休息去了。我烧点热水，泡壶茶，胃里暖和些，人也会舒服点。"

冯欣轻轻解开脖子上的挂坠，细细审视着那尊小像。这是她第一次仔细观察，这才发现小像眉目模糊不清，嘴角似笑非笑，颇有一股邪气，这蓦地让她想起笑脸男来。

民宿供应茉莉花茶，经过热水冲泡，空气中顿时弥漫着清新的茉莉花香气。严慈悦捧着热茶来到床边，见冯欣盯着手里的小像，她将茶杯塞进冯欣的手中，顺势拿走了小像。

"我看看好吗？"

冯欣低头深深吸了一口气，茉莉花茶的气味冲进她的鼻腔，让她精神为之一振，"我不建议。"

"哎？"严慈悦有点诧异，但她还是把小像放回床头柜。

"我曾经以为，它会带给我好运。殊不知，最终我将会为之付出千百倍的代价。现在已经是11月20日星期二，我赶不上签约了,所有的期待不过是一场水月镜花。"

冯欣很颓丧,她将茶杯放下,起身在房间中间转了个圈,刚刚想要做一个摆腿姿势,突然腿脚无力,重重地摔倒在地上。

严慈悦吓了一跳,赶紧上前想要扶起她。冯欣跪倒在地,悲泣道:"我知道的!我的时间到了!我违背天意,明知不可为而为之。我做了很多错事。这是我的报应!我的报应啊!"

严慈悦硬架起她,两人的身高差不多,冯欣由于长期练舞控制饮食,因此身体很是轻盈,一米六五的身高,可能才八十多斤。不过严慈悦也是相当干瘦,她费了好大劲才将冯欣扶上床边的圈椅。

冯欣的姿势很是奇怪,左腿僵硬着,好像完全使不上力。

"慈悦姐,我的腿。"冯欣的眼泪滚滚而下,"我的腿又坏了!"

严慈悦顿时咋舌,她记得冯欣在互助会上说过,她在一次车祸中撞断了左腿,这场意外带给她严重的心理阴影。即使后来医生诊断她的左腿早就康复,她还是无法重回舞台。

"欣欣,我记得前一段时间的互助会上,你说你参加了女子天团的海选,说明你的腿已经痊愈了呀,怎么突然又觉得不舒服了?是不是这场黑暗带给你的心理压力太大?"

冯欣的目光落在她随手放在床头的小像吊坠上,严慈悦以为她想要，刚准备起身去拿，却被冯欣阻止。

"不！慈悦姐，我不要这个东西了！现在已经是周二，我再也不可能签约了。但是它……它应该索要的代价一个都不会少，这场黑暗，说不定就是它的反噬。它的目标，就是我。"

严慈悦听得莫名其妙，她拿起那尊小像。

"这是什么啊？"严慈悦问。

冯欣将自己瘦弱的身体拼命塞进圈椅，"这是我求的佛牌。师傅说只要我诚心供奉，它必定有求必应。"

是的，她没有富余的时间了。对一个舞者而言，二十二岁是一个关键的年龄。在她二十岁受伤之后，她的舞台梦想停滞了足足两年。她憋出了抑郁症，每周去一次心理咨询室都无济于事。

其实她内心清楚，她需要的是一次狗屎运。

所以，当她得到女子天团海选的消息之后，她铆足了劲儿准备。然而，她依旧无法克服心理阴影，每次只要需要左腿使力，她的动作就会变形。

这是我人生的唯一机会，绝对不可以就这样结束。

冯欣咬牙切齿地拼命练习，换来的是一次又一次跌倒失败。眼看海选日期越来越近，冯欣的抑郁症也越发严重，她甚至想到了自杀。

如果这次再失败，还不如死了算了。

就在她陷入绝望的时候，某日她在网络上无意中看到一条关于"恭请圣物"的广告,说是由海外带回的圣物,经由某位大师开光祈福之后,具有化险为夷、有求必应的功效。

以往冯欣并不是一个迷信之人,可是如今她病急乱投医,只要有机会重登舞台,她愿意付出一切代价。

就算以后会遭到反噬,她也在所不惜。

恭请小像回来后的那天晚上,她做了一个噩梦。

有个漆黑的人影,站在她家门外,用力拍打着窗户,似乎想要进来。玻璃隐约透出人影的轮廓,看不清他的面貌,却能清楚地感受到他的恶意。

严慈悦好奇地拿起小像端详了片刻,"这种东西,真的那么灵验吗?"

"唉!"冯欣长叹一声,"我的心愿是与经纪公司签约,如今我被困在这里,就等同于违约。一定是它反噬我。你看,我的腿已经站不起来了。"

严慈悦半信半疑,可是想到刚才冯欣跌倒在地的模样,实在不像是作伪。

这时,窗外忽然发出一声响,"啪"的一声,就像是有人在拍打窗户。

严慈悦想要拉开窗帘看个究竟,冯欣惊道:"不要!慈悦姐!千万不要拉开窗帘!我知道是它!是它!一定就是它!"

她一阵气急攻心,长期以来一直担心的事终于发生。她内心明白,那个小像说是圣物,其实是一件邪物。

反噬了，会将我吞噬，就如同外边的黑暗一样。

冯欣收起双腿，将脸蛋深埋在膝盖之中。她犹如一只鸵鸟，想着只要遮住脸，"它"就找不到自己了。

此时此刻，她完全没有注意到严慈悦异样的神情。

严慈悦凝视着小像，佛像似笑非笑的表情仿佛有种魔力，引诱得她无法移开眼睛。佛像除了嘴巴，其余五官难以辨清，就像是有人刻意抹去了它的面貌。可即便如此，它的眼睛部位，依旧能看到严慈悦的心底。

如果我向你许愿，你能不能告诉我，思思究竟为何自杀？

刚才，众人各自回房休息，严慈悦同样身心俱疲，她只比冯欣早醒了十五分钟。在梦里，她见到了思思。

她最最深爱、最最宝贝的女儿思思。

严思思身穿高中制服，她曾经说过，任何名牌服装都比不上这件高中制服来得闪耀。固然，她念的是一所重点高中，但说出这句话也不过是体恤母亲的辛苦。

思思真的很懂事。这样懂事的女孩不会自杀。

严慈悦盯着小像，暗暗许愿：请你带我返回那个傍晚，让我看清女儿死亡的真相！

第十七章　连环杀手

第十七章 接收杂音

"都二十年啦，怎么突然想到来问郑遥的案子？"

张行善警官喝了一口茶，这是他长年养成的习惯，不管是坐在咖啡馆或者是奶茶铺，抑或在快餐店，他的饮品永远是茶。区别则是红茶还是绿茶，生茶还是熟茶。

他今年四十四岁，二十年前刚刚入行。方程在一次商务调查中，无意间帮了张警官一个大忙，因而两人成了朋友。

今天刚好张警官轮休，方程知道他嗜茶，专门将他拖来这家以工夫茶闻名的茶馆。不过按照张警官的意思，这种装模作样的茶道并不适合他，他还是更加喜欢抓一把茶叶扔进陶瓷杯，再用滚烫的开水一冲，看到茶叶在水中翻腾，淡淡的茶香氤氲弥漫，足可缓解心中疲倦。

余美朱更觉得不爽，这家茶馆共有二十多种茶叶，她一个都不认识。随便点了一种，居然是口感最为苦涩的，说是清热解毒，但她每喝一口，都要深深皱一下眉头。

"因为最近我们事务所接到一个委托……"

张警官"哦"了一声，"是不是郑星宇？"

"到底是资深干警，一下子就猜出来了！"方程笑嘻嘻地端起茶杯，做出"敬酒"的姿势。

张警官笑了笑，"这户人家还真是……是说他们倒霉好呢，还是巧合好呢？二十年前，郑老爷子的长孙失踪；二十年后，郑老爷子最小的孙女失踪。一个五岁，一个七岁。说是绑架勒索吧，根本没有绑匪同郑家人联系；说是被人贩子拐带吧，以我多年从警经验来看，可能性很低。"

张行善当时年仅二十四岁，这是他负责侦办的第一起大案子，因此他印象深刻，谈起各种细节，仿如昨天。

1998年的时候，郑家已经落实政策，几套洋房全数归还。郑老爷子重男轻女，尤其看重长子郑永辉，本打算将所有财产都留给长子，不料郑永辉英年早逝，膝下仅有一个五岁的儿子郑遥。

郑老爷子将对儿子的情感都倾注在孙子身上。在一次中风之后，他不顾幼子郑永城与两个女儿反对，将郑遥立为遗产继承人，所有房产都归郑遥所有，其余儿女仅能分得部分现金。

这让郑家人非常不满，只是郑老爷子积威已久，谁都不敢说个不字。

直到那天下午，郑遥的母亲午睡睡过了头，等她赶到幼儿园的时候已经是下午四点半。平时幼儿园都在三点三刻放学。四点半这个时间，校园里静悄悄的，不仅是小朋友，就连教职员工都走了七七八八。

郑太太冲进教学楼，发现郑遥所在班级的教室门打开着，室内空无一人。她又赶到教师办公室，看到班主任崔丽影正在窗前发呆，神情恍惚，她叫了对方好几次，崔丽影才反应过来。

"当时崔丽影告诉郑太太，郑遥的爸爸已经将他接走了。"

说到这里，张警官发现茶水微凉，招呼服务员过来加点热水。

余美朱插嘴道："可是郑遥的爸爸不是很早就死了吗？"

"问题就在这里。"即使茶冷，张警官还是习惯性地喝了一口，"郑遥之父郑永辉早在三年前就过世了，那么接走郑遥的人是谁呢？"

"崔老师不知道郑遥的父亲已经过世了吗？"

张警官摇摇头，"这位崔老师是几个月前调入春苗幼儿园的，根本不了解学生的家庭情况。而且按照她的说法，当时她在办公室打电话，看到有个身穿白色工作服的男子牵着郑遥往校门外走，郑遥非常顺从，所以她下意识地认为那个男人就是郑遥的父亲。"

"说来也是。"方程思索道，"郑遥已经五岁了，如果是不认识的男人，理应不会随便跟着走啊。你们调查过郑永城吗？"

"当然。"

服务员走来加热水，张警官立刻不再说话，职业素养要求他时刻保持警惕性。等到服务员走远，他才继续说道："郑老爷子一共就只有两个儿子，他素来重男轻女，所以郑遥如果被害，最得益的人就是郑永城。所以我们判断不是绑票之后，第一时间传讯郑永城。不过当时，他正在公司上班，大约有几十个人可以为他作证，所以那个带走郑遥的人不是他。"

余美朱悻悻道："不是他，就由其他人背锅了。"

张行善一愣，"你说什么？"

"张警官，你记得笑脸男吗？"

张行善脸色忽然一肃，"你们怎么突然想到问这个？"

余美朱不答，反问道："你们警方是否曾经将笑脸男视作带走郑遥的首要嫌疑人？"

方程伸腿在桌子底下踢了余美朱几下，但是她完全不搭理。

"你们有证据吗？你们找不到郑遥，就把罪名强加在一个精神有问题的人身上，他根本无从辩驳，这样公平吗？他本是个老实规矩的人，最后横死街头，这是一个无辜者应有的结局吗？"

余美朱越说越激动，她猛然一挥手，将张行善面前的茶杯打翻。幸亏张行善及时起身，才避免将衣服弄湿。

"我记得，你姓余？"张警官倒是没有生气。他问服务员要了一包纸巾，一边擦拭桌子，一边说道："那个余伟雄，和你是什么关系？"

余美朱眼眶泛红，"他是我伯父。"

"哦。"

张行善点点头，"原来如此。你说是我们警方把罪名强加在他身上,我认为这是对我们的不公平。我可以坦白说,我们警方自始至终都没有把余伟雄当作犯罪嫌疑人。至于所谓的笑脸男,在我们看来,不过是一桩以讹传讹的都市怪谈而已,根本不值一提!"

方程抽了一张纸巾递给余美朱,"可是根据我找到的资料,说是从笑脸男的传说诞生之日起,不断有小孩子失踪,还有人目击是笑脸男带走了那些小孩!"

张警官吃惊道:"现在还有这些谣言?唉,果然是造谣一张嘴,辟谣跑断腿啊!我们警方当年已经就笑脸男事件做出过声明,不过可能因为那时网络还不发达,传播速度远不如谣言来得快。"

"因为人只愿意去相信自己想要相信的东西。"方程苦笑道,"这个世界上,谣言还少吗?"

"余小姐,其实我对你伯父所知不多,只知道他被人指为一系列失踪案的罪魁祸首'笑脸男',随后在与家长们的对峙中不慎倒地身亡。经过采证,我们确信他的死亡纯属意外。"

余美朱怒道:"是啊,他的死纯属意外。那些人云亦云、蠢钝如猪的家长,那个胡言乱语、博人眼球的心理专家,他们倒是不用负任何责任!"

张行善叹息道:"余小姐,我能理解你的心情,可是,这就是光怪陆离、波诡云谲的人生啊!"

这句话,触动了余美朱的心事。她想到自从大伯余伟雄被误会是笑脸男之后，即使当时他已经死去，还是有人不断上门找麻烦，要求他们交出被拐走的小孩。

余美朱当时大约三岁，那时家里的玻璃时不时就会被人打碎。有一次堂姐余美琪刚好坐在窗口，碎玻璃扎了她满头，险些就有破相毁容之虞。不过余美琪似乎毫不在意，她就这样面无表情地坐在，任由婶婶将碎玻璃从她的头上一块块拔了出来。

余美朱露出苦涩的笑容，其实她也知道，张行善只是一名警察，他不能改变众人的想法，刚才之所以冲着他发火，也只不过是一种发泄而已。

"不过，对于郑遥的失踪，我倒是有另外一种想法，可惜苦无证据。"

方程顿时坐直了身体，"愿闻其详。"

"你们听到过肖伟强这个名字吗？"

方程皱了皱眉头，"这个名字很普通，可能听到过，但是没什么印象。"

张行善大概是嫌弃工夫茶的茶杯太小，索性将茶叶倒进随身携带的保温杯里，然后又迎着服务员鄙视的眼神，招呼他加满热水。

他凑近杯口深深吸了一口气，明显精神为之一振。

"在1997年至1999年，肖伟强在本市以及周边城市犯下数起杀人案。此人心胸狭窄，凡事锱铢必较。第一起案子就是他怀疑同事在上司那里打小报告而引起的。他具有一定反侦查能力，几次警方都已经将他列入嫌疑人名单，而后又剔除。"

方程疑惑地问道："那么，这个杀人犯和郑遥又有什么关系呢？"

"根据我们警方的调查，我们发现肖伟强此人相当狡猾。他在藏匿的时候，总会在当地绑架囚禁一个人当作人质，这样警方在实施抓捕的时候就会投鼠忌器。我记得在1998年年底的时候，曾经有个女子报案，说她在下班回家路上遭遇抢劫，当晚大雨，犯罪嫌疑人想要用湿毛巾闷死她，最终她靠着装死逃过一劫。经过拼图，我们有理由相信，袭击女子的人就是肖伟强。"

余美朱心中暗自一颤，她刚刚开始接触商务咨询调查这个行业，想到将来或许也会与这种穷凶极恶之人面对面，不禁感到一阵恐慌。

"你的意思是，你怀疑当初郑遥是被肖伟强带走当作人质？"

张行善点头道："我认为有这方面的可能！首先，那个女子受到袭击的地点距离春苗幼儿园并不远；其次，女子遇袭的时间就在郑遥失踪后的第二天，完全符合肖伟强的作案方式。不过可惜，当时我们一直没有抓到肖伟强，也不能验证我的猜测。"

"那么，如果真是肖伟强带走了郑遥。"方程吞了一口口水，"你觉得郑遥现在会在哪里？"

张行善苦笑道:"根据以往的记录,肖伟强在准备潜逃到另外一个地方之前,他会杀死人质。所以……如果郑遥真的是被肖伟强带走的话,我认为凶多吉少。"

方程想起最近广受关注的争遗产官司,不由得感叹人生之奇妙,如果郑遥没有失踪,这起官司根本不会产生,而郑永城也不可能继承这么一笔庞大的财产。难道就是因为赢了官司,夫妻俩终于能开始肆意挥霍,所以连女儿的死活也不管不顾了?

联想到昨天郑太太浑身名牌、妆容精致的模样,与几天前简直判若两人,他不由得开始怀疑莫非他们已经找到了郑星宇,但是张行善却说郑永城并未销案。又或者是郑星宇的失踪另有隐情,郑永城刻意隐瞒?

"那么,肖伟强会不会就是真正的笑脸男呢?"余美朱突发奇想,"那些目击者所看到的,说不定就是肖伟强带着郑遥在路上走。之所以小男孩脚步沉重,可能是肖伟强给他下了迷药。小孩性子贪玩,有时一颗糖、一样玩具就能引起他们的好奇心。我伯父的行为举止是有点奇怪,可是我绝不相信他是笑脸男!"

张行善耸耸肩,"肖伟强这样做的目的是什么呢?"

"扰乱警方视线,鱼目混珠!"余美朱越说越是兴奋,"当初笑脸男的传说盛行,一开始或许是有人看到我伯父怪异的举动而流传。肖伟强也有可能有所耳闻,所以他刻意装神弄鬼,这样一来,就没有人会想到是他囚禁了小孩,反而把所有的事都安在笑脸男身上!"

张行善有点瞠目结舌,"呃……余小姐,你的想象力,还真是丰富。不过,也并非完全不可能。肖伟强为人阴险狡诈,行事作风往往出人意料。呃,小方,你今天把我叫出来,不会就是想问二十年前的事吧?"

方程将两人最近遇到的事简单地说了一遍,包括郑星宇的失踪以及余美琪的怪异来电。

当张行善听到余美琪问有没有天亮时,不由得轻轻"咦"了一声。

"怎么?"方程问道。

"在郑遥失踪的三年后,郑家接到过一个电话。接电话的就是郑老爷子,那是早上八点四十分,他正准备去熟悉的饭店吃早茶,结果接了一个奇怪的电话。他说电话里有一个小男孩怯生生的声音在问:'现在,天亮了吗?'"

方程与余美朱四目相对,心中都是悚然一惊。

第十八章　死亡真相

第十八章 次亡之日

将手机调出声音与设置功能,随后在声音中选择某个撞击声,于是房间里就回荡着有如牛顿撞击球般的声音,机械而有序。

关掉了顶灯,独留一盏摆放在床头的小夜灯,光线昏暗,严慈悦平躺在架子床上,缓缓地闭上眼睛。

"大师说过,只要你诚心向它祷祝,心甘情愿供奉它,它就一定会实现你的愿望。"

冯欣依旧保持着抱膝的姿势,坐在电视机旁的圈椅上,那是灯光照不到的阴影处,她犹如一道幽魂,用暧昧的语气诉说着小像的作用。

我愿意。

严慈悦手心里握着那尊小像,在内心默默地想。耳边撞击声相当有规律,在这寂静的黑夜之中,她思绪万千,想到女儿,她忽而悲不可抑,忽而又十分平静。

严慈悦想起第一次约见顾翼云时的情景,她也是这样躺在弗洛伊德榻上。打扮入时、妆容精致的顾翼云如同冯欣现在这样远远地坐着,就像在躲避一个传染病人。

现在想来,其实顾翼云也没有提出什么有建设性的建议,只是她懂得说话的技巧,声音决断而毋庸置疑,即使病人偶尔有所疑问,最后都会遭到顾翼云斩钉截铁地否决。

她无时无刻不在告诉病人,她才是专业的,她才值得信任。

这也是顾翼云声名远播的原因之一。人有时真的很奇怪,好言相劝未必能接受,反倒是当头棒喝更让人有服从感。或许他们的心中其实早有决断,只是需要一个强势的推动者而已。

"告诉我,你痛苦的点在哪里?究竟是失去了女儿,还是失去了精神支柱,失去了人生的意义?"

顾翼云的问话言犹在耳。严慈悦当时无法回答,她觉得她失去了全部,但是现在想来,这三个答案统统都不是。

她的痛苦在于,无法掌握真相。

是的,如果能知道女儿自杀的缘由,或许她就不再纠结,开始一段新的人生。

思思啊思思,你为什么要走上绝路?是否就像是外人所说,出身单亲家庭带给你太多的压力与难堪?

严慈悦的心渐渐归于宁静,耳边听不到一点点的声音,她仿佛遁入一个真空世界,身体的各种感觉都逐渐消失。这时,她忽然想到,她和顾翼云之间的联系,并非是从她去心理咨询室开始,而是……

一阵列车的呼啸,她猛然睁开"眼睛",目力所及之处是轨道交通3号线,一列驶往火车站的轻轨刚刚离开,该方向站台上几乎没有人,与对面等候驶往开元路方向列车的众多乘客形成鲜明对比。

天壤之别。

虽然不太确切,严慈悦的脑海里突然跳出这么一个成语。这是严思思上学后考她的第一个成语,严慈悦的文化程度不高,当时竟一时语塞。

思思在哪里?思思,你在哪里?

严慈悦的眼睛拼命在站台搜索,她感到很紧张,能听到自己发出的沉重呼吸。终于她在玻璃候车室里发现一个身穿高中制服的女生坐在最靠里的位置上,正是她的女儿严思思。

思思,妈妈来了。

天气阴冷,乘客都挤在候车室里。严思思学习刻苦,即使候车室里人满为患,有人紧紧贴着她的小腿,她还是拿出一本练习册,在这一点点方寸之地开始做习题。

大概是觉得口渴,她拿出保温杯喝了一口水,目光还是没有离开习题册,似在思考。

突然,有一只手小心地伸了过来,将一粒东西轻轻投入水中。那人的动作是如此轻缓,完全没有引起任何人的注意。

严慈悦惊呆了。是谁?这是谁?是谁在她女儿的水杯里投下东西?

严思思保持看书的姿势良久,终于露出释怀的微笑,应该是解题有了思路。她将杯盖拧上,开始奋笔疾书。

严慈悦松了口气,她注意到候车室里挂着一只时钟,上面的指针指向下午五点四十分。

还有十分钟。

严思思满意地点点头,合上习题册,再次端起水杯。

不!不要喝啊!思思不要喝啊!严慈悦在心中呐喊,可惜她发不出一点点声音,她悲哀得几乎晕厥,但却合不上眼睛。

终于,严思思仰脖将杯子里的水一饮而尽,喝得一滴不剩。

"列车马上就要进站了,本次列车终点站开元路,请到嘉和新城的乘客等候下一班列车。"

车站播报声响起,那些乘客几乎都走了出去,只有严思思还坐在原处。

她的神情有点呆滞,像是睡觉没有睡醒,摇摇晃晃地想要起身,结果又一屁股坐了回去。

她闭了闭眼睛,又努力睁开。地铁播报再次响起,远方传来列车的呼啸声,由远及近。

少女脚步虚浮地起身,她的书包还留在候车室,可是她浑然不觉。她就这样一步步走上站台,随着列车的进站,她貌似如梦初醒,开始追着列车飞奔,她一口气奔到站台的最前方,硬生生地挤进屏蔽门,涌身跳进轨道。

列车咆哮着将她碾得粉碎。

思思!

严慈悦的那颗心支离破碎,可是她必须忍住悲痛,她要看清到底是谁在她女儿的水杯中下药。

此时，在看热闹的人群中，她看到了一个人影。

是他？是他！

严慈悦的所有记忆都在加速运转，整个人就像是在时间的旋涡中旋转。她看到了思思的死，她看到了思思的生，她看到了与男人分手，她看到了与男人相爱，她还看到了她失业那一天，那条狭窄冷清的小巷。

孤独地站在小巷里，前方是一个身穿白色工作服、拖着小孩慢吞吞行走的男人。

严慈悦感到自己没有了呼吸，只有意识飘到了男人的面前。

男人转头向着她露齿一笑，尖尖的犬牙，几乎画到腮边的红色唇角。

笑脸男！

她不敢直视男人的眼睛，目光落在男人身边的小孩身上。

不是他！不是他！

眼前大亮，是冯欣打开了顶灯。严慈悦被这道光引领了回来，她浑身冒着冷汗，两只手紧紧捏着小像。

"怎么样？你看到了吗？催眠真的能让你看到案发时的经过吗？"冯欣不敢去接那尊小像，开口问道。

严慈悦将小像放在床头柜上，走到卫生间去擦汗。

"我记得顾翼云说过，人的大脑其实很强，凡是看过的东西都能记住，只可惜人会选择性地忽略一些东西，而这些真实会隐藏在大脑的记忆深处。催眠就是唤醒这些记忆。"严慈悦无力地倚靠在卫生间门口，"思思死后，我看过轨道交通3号线的监控录像，但是只看到思思跳下去的情景。"

她的眼泪缓缓落下，心中悲喜交加。悲伤的是不知是谁在思思的水杯中下药，喜悦的是女儿不是去寻死，直到死亡的前一刻，思思依旧是如此勤奋上进。

现在，她的人生又有了崭新的目标——找到伤害女儿的凶手！

那么，是不是他？如果是，为什么会是他？

房间里的灯闪了一下，倏地熄灭了。

冯欣蓦地发出尖叫，"它来了！黑暗来了！"

严慈悦急忙打开房门，幸好走廊上的灯光仍在，她扶着一瘸一拐的冯欣走出房间，刚好遇到闻声而至的万缜。

"怎么回事？"

"我们房间里的灯也灭了！"冯欣几乎要哭出来，她紧紧抓着两人的手臂，一个都不肯放手。

万缜脸色凝重，"去楼上吧！我在楼上还有一个储物间，有罐头和面包，大家暂时在那里避避。"

他注意到冯欣拖着一条左腿，惊讶道："你怎么了？是刚才受伤了吗？"

冯欣凄然道："没用的，我的腿已经废了！"

万缜见她神情有异，不敢再多问，帮着严慈悦一起搀扶着她走上三楼。

所幸三楼依旧灯火通明,四个房间均无异样。除了三间客房之外,另有一间是储藏室,堆积了许多便利食品,还有一些毛毯、靠垫之类的东西。服务员赵梦正在清空一块区域,以供大家暂时休息。

"美琪和若松还在隔壁,他们一会就会过来。我下去把高先生父子叫来。"

话音刚落,余美琪便和林若松一起走了进来。见到冯欣就连站立都很艰难,余美琪诧异道:"欣欣,你的腿怎么了?刚才跌倒了吗?"

冯欣的眼泪滚滚直下,"美琪姐,我的腿没用了!我现在疼得很,我再也没办法跳舞了!"

余美琪摇头道:"不可能!顾老师说过,你的腿早就痊愈了,只是因为心理因素才会觉得疼痛,这就像所谓的'幻肢痛'一样。况且经过治疗,你的病已经好了呀,你不是都通过女子天团的海选了吗?如果你的腿不行,还能去参加比赛吗?"

"不是的!不是的!不是的!"冯欣的头摇得像拨浪鼓,余美琪看在眼里,真担心她会突然发生脑溢血。

"根本不是顾翼云治好我的病,明白吗?你明白吗?"冯欣想要去摸脖子,结果摸了一个空,她惊道:"小像呢?我的小像呢?我的小像去了哪儿啦?"

除了严慈悦之外,其余几个人均是莫名其妙。

"我的小像找不到了,我……我……我该怎么办?"她拖着左腿沉重地来到房门口,又畏惧楼下的黑暗不敢下去。她转过身,对着余美琪叫道:"不是顾翼云治好我的!你明白吗?顾翼云根本没有本事!她是个沽名钓誉的骗子!是它!是它治好我的!我不能离开它!"

虽然有点不明所以,不过余美琪稍微想了想,就立刻明白冯欣所指乃是她之前挂在脖子上的那尊小像。

"你的那个丢在哪儿了?我帮你去找回来好吗?"余美琪温柔地说道。

"还是我去吧!我知道在哪里!"

严慈悦刚要准备下去,从楼下传来高家父子的争吵声,几个人顿时立住不动。

"你到底有没有把我当作爸爸?"高风亮愤怒地吼道。

"你说呢?"高零的语气依旧充满讥讽之意。

高风亮怒道:"你这副样子,不知道是从哪里学来的!也不知道像谁!如果飘萍还活着,看到你这样,一定会感到羞愧!"

"我倒是认为,该羞愧的人是你!你不是早就知道了吗?何必假装好人呢?"

"高先生!你准备去哪里?"万缜焦急地说道。

一连串急促又沉重的脚步声,逐渐远去。然后是重重的关门声,砰的一声,整栋楼仿佛都受到震动。

众人面面相觑,每个人都在猜测,高风亮这是出去了吗？"

万缜带着高零走了上来，赵梦问道："老板，高先生这是……这是出去了吗？"

万缜垂头丧气地答道："是的，他似乎很生气，也不肯听我劝。唉！我们都不知道暗处有什么，他也太冲动了。"

众人都面露惊惧担忧之色，尤其是林若松。他自己在黑暗中摸索过，领教过被伸手不见五指的黑暗所包围的恐怖，因此脸色发白，禁不住往后退了几步。

倒是高零十分轻松，似乎一点都不为父亲的安危担心。

"阿零，你怎么能和爸爸吵成这样呢？"余美琪忍不住说道，"你知道吗？高先生一直在为如何改善父子关系而努力，他内心非常关心你，但是苦于无法正确表达。现在他一个人走进黑暗，万一遇到不测怎么办？"

高零凝视她片刻，淡淡回答道："就算一时冲动，那也是他自己的选择，我可没有逼迫他走出去。"

"你……"

他这种无所谓的态度让余美琪无言以对。这时严慈悦轻轻推开她，走到高零面前，盯着他问道："你……为什么要杀死我女儿？"

第十九章　筹划复仇

第十六章 养民以惠

"那个女人就是崔丽影。"

方程顺着张警官手指的方向看去,那是一个四十多岁的女人,站在春苗幼儿园的操场上,俯身在帮一个小朋友系着围巾。她的身材修长,纤细的手指姿态优美地为小朋友打了个蝴蝶结。

感受到目光,崔丽影起身望向三人。她不认识方程和余美朱,与张警官四目相对后,忽然就飞奔而来,一把抓住他。

"你……你是……"

张警官温言道:"是,我是张行善警官。你还记得吗?二十年前,我负责调查郑遥失踪案,曾经和你打过交道。"

"是!是!我记得!"崔丽影很激动,不过这种激动并不像是见到了老友,当然,张行善也并不是她的朋友。

"这两位是我的朋友,他们是……"张行善看了一眼方程,"记者。想要了解一下当时的具体情况,你能和他们聊聊吗?"

崔丽影语无伦次,"好,可以!不过……"

"那我先走了。"

张行善刚要转身,崔丽影再次抓住了他。这一次,她抓得非常紧,隔着厚厚的冬装,张行善都能感到微微的疼痛。

"不！张警官！你来真是太好了！请你帮我找找女儿吧！"崔丽影嘶哑着声音，几乎就是在吼叫。周围的几个小朋友受到了惊吓，纷纷避开她。

另外一位生活老师听到动静走过来，见张行善是警官，便将他们引到一间空置的休息室。

房门隔离了外边的喧嚣，崔丽影的眼泪落了下来，"其实我已经去我家附近的派出所报了警，可是……张警官，你帮帮我吧！"

"到底怎么回事？"张行善有点吃惊。

崔丽影坐在单人沙发上，垂头说道："我的女儿欣欣，她……她从小跳舞，是个专业舞者。几年前的一次车祸，让她左腿遭受严重骨折。虽然经过休养，医生说她已经完全康复，可以重回舞台。可是……她大概是有了心理阴影，总觉得左腿很疼，有时走路都会一瘸一拐。医生对她的情况束手无策，我就带她去看了心理专家，就是那个很有名的，叫……"

"顾翼云！"余美朱与方程异口同声道。

"对，就是顾翼云。"崔丽影硬是挤出一丝微笑，算是对两人的回应。

"经过顾翼云一段时间的治疗，终于算是卓有成效。前不久我们家欣欣参加了一个女子天团的海选，还顺利通过复赛，按照计划，今天就应该和经纪公司签约了。但是……上周五，她说她和那群病友，什么百合花小组，一起去郊外散心,说是要住一天,但是至今没有回来,没有电话,也没有任何消息。"

"又是百合花小组?"余美朱失声道。

"怎么?你们知道?"张行善问道,崔丽影也用期待的眼神看着两人。

方程其实并不想在崔丽影的面前透露太多,只能含含糊糊地道:"是的,我们前不久'采访'过顾翼云,所以知道她组建心理互助会的事。"

崔丽影急道:"那你们知道他们百合花小组去了哪里吗?欣欣这孩子,她什么事都不和我说,只随便说了一句去外面散心。还有,其他组员回家了吗?"

方程和余美朱互望一眼,"这个还不知道。"

崔丽影搓着双手,低声说道:"是我不好,是我不够关心女儿。"

"崔老师,现在说这个有点不合适,不过这次我们来拜访,是想要了解一下二十年前郑遥失踪时的情况,只能为难你了。"

"郑遥……"

崔丽影心中默念着这个名字,她从休息室的窗口向外望去,可以看到正在操场上玩闹的小朋友们。春苗幼儿园在五年前重装过一次,这个休息室在过去就是一间幼儿园大班教室。

时光流传,她仿佛回到了过去。

1998年10月31日下午四点十分，阴雨绵绵。

春苗幼儿园在三点五十放学，随着小朋友们陆陆续续地离开，原本吵闹不堪的校园忽然就安静下来。

大（2）班班主任老师崔丽影站在窗前，望着绵绵细雨发呆。今天从早上到现在，她一直觉得脑袋发胀，大约这是在烦恼家事的缘故。她本厌烦小孩吵闹，可现在周围一片寂静，她又生出莫名的惆怅来。

她转头看了一眼坐在小板凳上独自玩积木的小男孩，抬腕看了看手表，又迟了二十分钟。

"郑遥的家长还没来吗？"生活老师探头环顾教室，"一个礼拜五天，郑遥的家长起码迟到两三次。我听说郑遥的妈妈是一位全职主妇，真搞不懂她整天在忙些什么，不上班还会迟到！"

崔丽影性子沉静，她没有抱怨，但是微微叹了一口气。

"砰"的一声，桌子上搭建的积木尽数倒塌。小男孩发出一阵嬉笑，也不去管横七竖八的木块，又自顾自拿了皮球在教室里拍。球撞击地板，发出"嘭嘭"的声音，这让崔丽影的头更疼了。

"郑遥，你别顽皮了，乖乖坐在位子上等你爸妈！"

生活老师想要去阻止，小男孩灵巧地躲避着她，边拍球边在教室里绕圈子。

"真是烦，这个孩子又调皮。我的女儿也快放学了，这样等下去不是办法。"

"你先回去接女儿吧,我来等郑遥的家长就可以了。"

生活老师想了下,"你一个人行吗?这个孩子太顽皮了。"

崔丽影微微一笑,"我看他的妈妈应该也快到了,没事的。"

生活老师掩上教室的房门。郑遥拍了会儿皮球,觉得无聊又开始在教室里爬上爬下地找玩具,被崔丽影喝止后,他又想去活动室玩海洋球。

"不可以哦。"崔丽影只觉得头痛欲裂,她强打精神劝诫道,"现在已经没有小朋友在幼儿园了,你不可以一个人去玩海洋球哦。再忍几分钟吧,妈妈应该也快到了。"

郑遥一脸不高兴,"就是因为别的小朋友不在,我才可以一个人玩海洋球呀!我要玩,我要去玩!"

崔丽影心生烦躁,她不理睬他,站在窗口向着校门口张望。不仅是小朋友,就连其他老师都已经下班,学校里说不定只剩下她和门卫老杨。

"崔老师,"生活老师换了便装,背着挎包站在门外,"办公室里有你的电话。"

崔丽影一颗心高高悬起,她从今早上班开始就在等待这个电话,也或许就是因为心火太旺,导致整整一天头痛欲裂。

她要求郑遥乖乖留在教室,还取出平时小朋友们争破头都想玩的小猫钓鱼玩具放在桌子上。崔丽影快步走向办公室，就在走进办公室的一瞬间，她忽然心中一惊。

反锁上教室的房门了吗？

似乎有，似乎又没有。

但是此时崔丽影没有心思去追究，她的所有期待都在那个电话上。

"喂！"她颤抖着拿起听筒，心跳若狂。

"对不起，丽影。"男子的声音沉稳，说是道歉，但没有任何歉疚的情绪在内，相当平静。

"你妈妈还是不同意吗？"崔丽影竭力想要控制语调，大颗大颗的眼泪落在办公桌上。

"嗯。"对方显然很不耐烦。

崔丽影再也控制不住，泣不成声。她从昨晚开始就心中忐忑，几乎一整个晚上都没有睡着，今天亦是心事重重到现在，如今尘埃落定，她心中一松，却是悲从中来。

"为什么？是嫌弃我出生在单亲家庭吗？"

话筒另一端不说话，算是默认。

"我……"

崔丽影想要挽回，对方径直挂了电话，话筒里传来令人心碎的"嘟嘟"声。

她呆了一会儿，缓缓放下电话。窗外雨停了，天色依旧昏暗，空旷的办公室让她觉得一阵阵阴冷。崔丽影拖着沉重的步子返回教室，却发现教室房门敞开着，郑遥并不在教室里。

她顿时吃了一惊,奔到教学楼的入口,远远地有个身穿白色上衣的男人正拉着郑遥的手,缓步离开校园。

崔丽影略一犹豫,她本想上前告诉郑父以后不要迟到,但是此时她身心俱疲,实在不愿意再追赶这几百米的路,最终还是看着两人的身影渐渐消失。

她回到办公室,几次想要再拨回电话,但不知道是什么原因,对方的电话始终不通。她呆坐良久,直到门卫老杨过来敲门,她才如梦初醒。

老杨还带了一个女人过来,那人十分狼狈,眼睛惺忪,似乎刚刚睡醒的模样。崔丽影认得她,她就是郑遥的妈妈。

"郑妈妈,有事吗?"崔丽影脑袋昏昏,茫然问道。

郑妈妈尴尬地搓着手,说道:"嘿嘿,对不起啊老师,我午觉睡过头了,都怪这天气昏昏沉沉的,让我整个人都昏昏沉沉的,所以睡到现在。"

崔丽影抬头看了一眼时钟,指针指向四点五十五分。

"耽搁老师下班了,我现在就带遥遥回去。"

郑遥?崔丽影一惊,"他的爸爸不是带他回去了吗?"

"爸爸?"郑妈妈摇头道,"不可能,他爸爸已经在前年去世了!"

此时,崔丽影才惊觉自己根本从未见过郑父。既然如此,刚才那名白衣男子是谁?他是如何进来的?郑遥怎么会心甘情愿跟着他走?

此后,再没有人见过郑遥。

在警方发布协查通知,并且挨家挨户寻找目击者时,有个年约三十的女子声称在傍晚六点多的时候,在回家的一条僻静小道见到一个打扮怪异的男子拖着一个四五岁的小男孩,那个小男孩酷似寻人启事上的郑遥。

"那个男人看不出年纪,可能三十多也可能四十多,穿着像工作服一样的白色上装,脸上画着浓重的油彩,尤其是嘴巴,唇角一直延续到腮帮,看起来就像是……就像是……"

女子歪着脑袋想了很久,像是在思索该用什么样的词形容,"就像是小丑!"

"也就是说,其实你没有真正见到带走郑遥的人长什么样,对吗?"

余美朱强压着怒气,竭力表现出一丝平静。

崔丽影尴尬地点点头,"是的,其实我只看到了背影。"

"那你为什么后来对记者说是笑脸男带走了郑遥?"

崔丽影更加用力地搓着手,"这是因为,后来有个目击者说……"

"什么目击者?全部都是以讹传讹!你们这些人没有脑子,就只会人云亦云污蔑别人!"余美朱怒道,"哈哈,真是活该!你的女儿失踪,那个带头殴打我伯父的林家的儿子也失踪,你们这些与笑脸男有关的人统统都会遭到报应,说不定、说不定就是真正的笑脸男在报复你们!报复你们这些胡言乱语，信口雌黄，伤害无辜的人！"

崔丽影一愣，"笑脸男？"

张行善也稍稍一惊，"小方，这是什么意思？什么叫林家的儿子也失踪了？你们不是为了调查郑星宇的失踪案吗？还有什么事情瞒着我？"

余美朱太过生气，她将脸别了过去，不想说话。

方程简单地叙述了一番他们这几天来的遭遇，张行善警官顿时深深皱起了眉头，"发生这么大的事，你们非但不向我讲明，居然还要利用我继续偷偷调查？如果笑脸男确有其事，你们不怕造成更加糟糕的后果吗？"

余美朱冷冷回答："反正最糟糕的结果在二十年前已经发生了。"

张警官摇头道："没有那么简单。余小姐，你刚才说过，你的堂姐余美琪如今也失去联络，她并非百合花小组的成员，而是顾翼云的助理，她完全可以不参加小组成员的活动，她这样与客户深入接触，你认为只是因为关系融洽吗？"

余美朱心中忐忑，但是依旧嘴硬道："她为人随和，同任何人都可以交朋友。"

"她是……那个笑脸男余伟雄的女儿，林若松是带头大闹幼儿园，导致余伟雄意外死亡的那对家长之子，如今我们又确认崔老师的女儿欣欣也在其中。虽然目前我们还不知道其余几个人是谁，但是不难揣测他们与笑脸男之间应该也会有联系。"

方程的分析让余美朱的脸色越来越难看,其实她内心早有怀疑,这群人的失踪,莫非都是余美琪的刻意布局?她的目的,是为了报复这些伤害过父亲的人吗?

第二十章 人各有罪

第二十章 人有吉理

"你说什么?"

高零一脸茫然，见严慈悦那原本温和柔弱的一张脸变得面目狰狞，顿时心生怯意，不由得往后退了几步，后腰顶上了楼梯扶手。

三楼走廊的灯泡光线很弱，照在严慈悦的脸上，显得阴晴不定。她那双小眼睛紧紧盯着高零，视线从未这样锐利，仿佛能看到他的心里去。

"我问你，为什么要在我女儿的水杯里下药？"

众人惊愕地看着他们，除了万缜和赵梦，其余三人都知道严慈悦的女儿严思思自杀身亡，可谁也没料到她会将矛头指向高零。在此之前，两人应该未曾谋面。

"阿姨，你在说什么啊？"

严慈悦盯着他，"你在哪里读书？"

"竟北高中。"

林若松深吸一口气，他向来看重学历，也以自己曾经就读于本市重点高中为荣，没想到高考时意外考砸进入二类学校，这件事成为他一生的纠结点，也是他爆发妄想症的触发点之一。

竟北高中是本市排名第一的重点高中，当初也是林若松的第一志愿，可惜以数分之差擦肩而过，让他至今耿耿于怀。

"好厉害啊,听说你们竟北高中还保留着红白榜的传统,是不是真的?"虽然知道不合时宜,林若松还是情不自禁地问道。

高零看了他一眼,没有回答。

"我女儿也是竟北高中!我看到了,我全部都想起来了!在我女儿……自杀当天,我看到你也在站台上!你说,你为什么跟着我女儿?你说!"

严慈悦声色俱厉,在昏黄的灯光映衬下,她本就发黄的脸色更加蜡黄。她披头散发,恶鬼似的逼迫着高零,她枯枝般的手指几乎要戳到高零的脸上。

"原来一年前那个跳轨自杀的女生就是你……你的女儿啊。"高零结结巴巴地说道。他这种举动在严慈悦眼里,无疑是一种心虚。

"说!你为什么要这样做?说!"

严慈悦步步紧逼,高零感到自己快从楼梯上跌下去了。万缜急忙拉住他,劝说道:"严女士,请你不要冲动,我们进屋去好好说好吗?你看冯小姐,她快站不住了。"

冯欣扶着储藏室的门框,耷拉着左腿,一副摇摇欲坠的样子。

"是啊,"余美琪扶着冯欣在储藏室找了一个坐垫慢慢坐下,"慈悦姐,我记得你之前说过,你看过监控录像,思思的确是自杀。为何你现在又说是高零害死她呢?还有下药，又是怎么一回事？"

"顾老师说过，人的大脑会储存但同时忽略某些细小的信息。通过催眠，大脑就能回忆起这些本以为没有看到或者遗忘的信息。刚才我和欣欣在楼下，使用某种方式进行了催眠。我回到了查看监控的那天，虽然断断续续，但我分明看到有人在我女儿的水杯中下药，这也是导致我女儿神情怪异、跳下轻轨的重要原因！"

严慈悦说这些话的时候，眼睛一秒钟都没有离开过高零。

"且不说你所谓的催眠到底是什么玩意，就算你看到有人向你女儿的水杯里下药，也不能说明就是我做的呀！"高零辩解道。

"那我问你，当天你为什么也在站台上？"严慈悦像是经由"催眠"开了心窍，平时畏缩懦弱的她，忽然变得心思敏捷、伶牙俐齿。

"真是笑话！难道我不能坐轻轨吗？"

严慈悦冷笑道："不要以为我不知道，高老师住在城北，这条轻轨贯穿东西，怎么也不可能带你回家。你说，那天你为什么要坐轻轨？你要去哪里？"

高零突然冷静下来，"我没有告诉你的义务。"

"那你就是有问题！"

严慈悦扑过去想要抓他，结果被万缜拦住。

"严女士！"万缜大声劝说道，"请你少安毋躁！我不知道你所谓的催眠到底是怎么回事，不过据我所知，一个人的记忆很容易受到环境和心情的影响。是否你长期牵挂女儿，下意识地希望女儿并不是自杀，而是被人谋杀？"

"不！"

严慈悦悲伤地说道："我从来没有猜想我女儿是被谋杀，我只是想不通她为什么会自杀。我设想过无数个她自杀的原因，甚至还在想是不是因为她出生于单亲家庭，因而自卑敏感……我从来没有想到她是被人谋杀的！她才十六岁啊，谋杀一个少女，我想不通啊！"

"一年前，我也只有十七岁，我为什么要谋杀她？虽然我们同校，可是直到她自杀，我才第一次知道我们学校有这么个人！"高零就站在门口，看起来随时随地准备逃走。

"我看得很清楚，我绝对没有看错！是有人在我女儿的水杯中投下某样东西，我女儿饮用之后，明显状态变得很不正常。而且……"

此时，严慈悦坚决的态度忽然变得有些动摇，她的眼神游移，明显在思考接下去的话该如何说出口。

"而且恍惚间我不止看到了我女儿，我好像还回到了二十年前，那条狭窄昏暗的小巷里，我……我看到了那个身穿白色工作服的男人，他的身边的确带着一个小孩，但是这一次，我看清楚了，那个小孩并不是男孩子，而是一个头发剃得很短的女孩！"

"啪"的一声，严慈悦的脸上被人重重地扇了一记耳光。这下出手好重,她的嘴角顿时渗出一丝鲜血。

只见余美琪满脸泪水,愤怒地瞪着她。

变化太快,即使万缜就站在她身边,都没能及时阻止她。

"都是因为你的胡说八道,你害死我爸爸了!你害死我爸爸了!"

众人都吃了一惊,严慈悦更是捂着脸呆立当场。

"你说笑脸男是你的爸爸?"

余美琪愤怒道:"我爸爸不是笑脸男!明白吗?我母亲离家出走后,我爸爸的确有点奇怪。他过于思念母亲,整个人有点不正常。可是他没有做过任何伤害别人的事!就是因为你这个目击者的胡说八道,让那些家长针对他,那些人真是恶毒,看到他摔倒也没有人送他去医院,他就这样死了!"

听到这里,林若松的脸色发白,他猛然想到了什么,往后退了几步,失声道:"慈悦姐是'目击者',周瀚是'说谎者',我……我是……"他的目光移向冯欣和高零,"你们是什么?你们和笑脸男是什么关系?"

冯欣蜷缩在一个角落,将一只靠垫紧紧抱在怀里。她不敢和余美琪对视,心中所想的,就是那日求得小像之后,她正准备满心欢喜地离开,"师傅"提出了忠告。

"凡有所求,必有所出。在你意想不到的时候,它也可能为你带来危机。小妹妹,你好自为之。"

原来这场黑暗也好，再次疼痛的左腿也好，不过是这场"危机"的序曲。真正恐怖的时刻，果然是在她完全意想不到的时刻到来。

她从口袋里掏出手机，信号依旧时断时续。她点开微信，有一条信息处于未读状态，发件人显示是"妈妈"。

"欣欣，你到底去了哪里啊？妈妈很担心，看到消息后打个……"

接下去的内容，需要她点开详情才能看到。

冯欣握紧了手机，抬头撞上余美琪冷漠的眼神。

"你应该自己心里清楚，你，哦，不对，你的妈妈和所谓的笑脸男是什么关系？"

"我的妈妈。"冯欣竭力平稳呼吸，说道，"我的妈妈崔丽影，就是二十年前失踪的男孩郑遥的班主任，也是她亲口说看见一个貌似笑脸男的男子带走了郑遥。"

说完这些，她挑衅似的对上余美琪的目光，强硬地说道："怎样？你接下去想怎样？"

余美琪尚未开口，林若松惊恐地说道："我知道了！是你！是你杀死了周瀚！对不对？你恨他说谎污蔑你父亲，对不对？还故意弄成笑脸男的模样！"

轻轻的"滋"的一声，走廊上的顶灯熄灭。从储藏室的门口向外望去，一片黑暗。

赵梦急忙关上房门，隔绝黑暗。众人惊魂稍定，可是想到和余美琪同在一个房间，严慈悦、林若松和冯欣三人立刻退到一处，像是准备与她对峙。

"周瀚是你杀死的对不对？你接下来准备把我们一个个都杀死对不对？"林若松声音嘶哑地叫道。他的眼神从之前的温暖无害，忽然就变得扭曲而乖张，他从地上拾起一把开罐器，直指余美琪，"我不会让你得逞的！"

余美琪冷冷地瞧着他，"你还不明白吗？你为什么会产生有人替代你的妄想症，为什么会看到所谓的tulpa，不是因为工作压力大，而是你目睹了你的父母是如何一点一点逼死我父亲！当时你就在场，不是吗？"

林若松握着开罐器的手缓缓地垂了下来。那天，他虽然才五岁，但是印象深刻，父母那张牙舞爪的狰狞面孔，永远留在他的脑海里。那么多人包围着一个说话结巴的男人，叫嚣着想要"打死他"，男人惊慌失措，拼命想要解释，但苦于口笨舌抽却说不出来。他的所有举动，尤其是他嘴角总是挂着的、充满着讨好之意的微笑，让人分外生疑。

他看得很清楚，是父亲在男人的膝盖上踹了一脚。

男人跌倒在地，后脑勺重重撞在水泥地上，瞬间不再动弹。

没有人去找救护车，就连通知学校医务室的人都没有，他们包围着男人，俯视着男人，不断诉说着男人的"罪行"，其中父亲最为义愤填膺。

好可怕，真的好可怕。

林若松幼小的心灵中，第一次浮现出"恐怖"两个字。

他想要远离这群人,但是脚下就像是生了根一样,怎么都动不了半分。

他感到呼吸困难,几乎就要晕厥。

就在此时,林若松忽然发现在人群对面,有个小男孩正看着自己。

那是一个和自己一模一样的小男孩,他眼神冷峻,一点都不害怕,反而流露出一种饶有兴趣的神情。

是的,他没看见。

林若松忽然心中一松,所有的紧张感都消失了。不是他看见的,他没有看见,看见父亲行为的是另外一个人,不是他。

想到这里,林若松双腿忽然就得到了释放,他转身跑开了。

"咣啷",开罐器落在地上,林若松后背紧贴着墙壁慢慢坐下。他想,现在深陷黑暗的人也不是他,那是另外一个人,那是他想象中的朋友tulpa。对!没错,他不是在黑暗中见过对方了吗?

"高老师他,他又同笑脸男是什么关系?"严慈悦指着站在一旁的高零。现在情况发生大变化,但是她没有一刻放松对高零的警惕。不管是自己挨了巴掌,还是林若松说出在场各人与笑脸男的关系,她的视线始终落在高零身上。

"爸爸?我爸爸还在外面!"

高零失声叫道。所有人互相对看,一时谁也不敢主动出去找人。

而外面,是伸手不见五指的黑暗。

高风亮站在黑暗中好久了,明明不过是离开这栋屋子数步,却已经丧失了方向感。他想要退回去,已经找不到回去的路。

是的,他回不去了。

将手机中的电筒模式打开,仅仅能照见面前一米开外的地面,鼻子里有股潮湿的气息,似乎这里通往阴曹地府。

那天,也是这么黑。

不仅黑,还下着大雨。唉,如果那天他去车站接妻子就好了。

他想起妻子回到家时的可怕模样,浑身上下都湿透了,衣服里混杂着雨水、泥水和血水。她的头被打破了,脖子上有着深深的勒痕,乌青发紫。正是深冬,她丢失了外套,身上只有一件薄薄的、湿透的毛衣,裤子被划破,露出又红又肿的膝盖。

她没有穿鞋子的双足伤痕累累,最为宝贝的美丽长发还被揪掉了一撮。

"我遇到有人打劫。"恐惧外加寒冷,妻子的声音抖得听不清,"他打我,他往死里打我,他拿走了我的财物,还想要用一条湿毛巾闷死我,是我装死才躲过一劫。"

躲过一劫吗?不,没有,他们谁都没有躲过这场劫难。

高风亮的心在滴血,冲破种种桎梏才能相守在一起的两个人，命中注定要经历那么多的磨难。即使妻子去世了，他还在独自煎熬。

如果那天他去了车站接妻子，这一切磨难都不会发生了吗？

第二十一章　晓风残月

第二十一章 暴风骤雨

再次来到沉园镇，由于是工作日，天空中又飘散着零星小雨，四周阴冷潮湿，游客稀少。余美朱忽然想到，明明是深冬，怎么最近的天气就如同梅雨季节，总是阴雨绵绵。

"晓风残月"依旧是大门紧锁，与她之前来看到的无异。隔壁那家卖米酒的营业员大姐也是一样吃着瓜子，随地乱吐瓜子壳，好几次差那么一点点就要掉到余美朱的鞋子上。

"又是你们？"她含糊不清地说道，"这里客栈很多，不一定非要住这一家。再说，这家老板对做生意很不上心，十天半个月才开张一次，本地人就是不差钱。"

方程惊讶道："这家客栈经常休息吗？"

"是啊，我就没见过他开张几次，看样子，招待的应该也基本都是熟客。可能这个房子就是他们家的吧！哪像我们外地人来这儿开店，真是恨不得一天二十四小时都开着，眼睛睁开就欠着一天房租啊！"大姐开始叹苦经，不过嘴里一点都没闲着，瓜子进出有如行云流水。

余美朱打量着这栋三层小楼，从外观来看，不过是非常普通的民居，与一般江南水乡人家相同，门上挂着"欢迎光临"的牌匾。这栋小楼的另一边是一条通往石桥的小巷。她绕过小巷来到水岸边，可以看到这家客栈临水搭建了一个平台，简易凉亭里堆了不少烧烤工具，地上有几个空了的啤酒罐，像是主人家走得匆忙，就连垃圾都未曾收拾。

"这家客栈的主人是本地人吗？"方程继续和营业员大姐搭话。

"是啊。听说姓万，祖上和某个大户有点关系呢，所以大户才把这座房子赏给了他们。哪像我们千里迢迢过来谋生，光是租金就要了我们的命了。"

余美朱开始拨打余美琪的电话，仍旧是处于无法接通的状态。想到百合花小组的失踪可能与堂姐有关，余美朱不由得开始急躁。从崔丽影处回来之后，她一直无法安睡，脑海里将这几天的调查信息整理了一遍，越想越是心惊，怎么看都像是余美琪处心积虑策划了这一场"好戏"。

回想余美琪过去的性格，她温和却冷淡，礼貌却疏远，最常做的事就是坐在窗前发呆，有时还会看着窗外怔怔地流眼泪。虽然领养她的叔婶待她极好，余美朱也是将她当作亲姐姐一样爱戴，但终究无法走进她的心里。

她的心里，有个谜。

昨天余美朱将有关笑脸男的资料稍作整理，这才发现这个都市传说其实流传不广，时间也就那么几个月。传说最初来源于一篇刊登在某份小报上的报道，说是在本市有人撞见一个奇怪男子，脸上画着小丑妆，逢女子就会咧嘴微笑。报道上说这个男子是因为被妻子抛弃而精神错乱，看到差不多年龄的女子就想要上前讨好。

这份小报当年专门刊登各种小道消息，经常会有一些耸人听闻、其实毫无根据的报道，还有不少内容照抄国外的杂志，改头换面就成了独家新闻。不过正因为人有猎奇心理，所以这份报纸卖得非常好，直到最近几年纸媒式微，才退出历史舞台。

从这份报纸伊始，社会上就开始流传笑脸男的传说。绝大多数人都是抱着嗤笑的心态，尤其谈到男女之事，往往会用"笑脸男"来形容比较痴情的男子。

自从郑遥失踪开始，有关笑脸男的传说就从笑谈开始转向恐怖，最后人们早就忘记了笑脸男的最初样子，以讹传讹，将他形容为一个专门拐带小孩的恐怖罪犯。

吊诡的是，小报上对笑脸男的各种描述，居然完全符合余美琪之父余伟雄的情况。他的确是因为受到被妻子抛弃的打击，导致精神失常，之所以要画又长又红的嘴唇，那是因为妻子离去时曾经抱怨他"古板沉闷，连笑都不会"。

所以，他就要笑个够。

要是能找到当初这篇报道的撰稿人就好了，余美朱真想与他当面对质，问问这个人，写下这么一篇不负责任的报道到底是何居心。

最近这几天，顾翼云的日子很不好过，负面消息满天飞。以她的竞争对手侯秉琳为首，不少心理咨询师和媒体一齐炮轰她姿态高、收费贵，但是毫无专业水准。还有几个过去的病人站出来指责她骗钱，说她开创的各种独门疗法没有任何作用，只是为了增加收费项目。

刚开始顾翼云还会在各种社交媒体上反驳，直到后来侯秉琳晒出一份香港某培训机构的声明，表示他们机构进行的心理学培训仅供自我学习，并不提供任何学历或者资历证明。

这对顾翼云无异于致命一击，不仅工作室关门歇业，还有部分病人准备告她，要求她退还治疗费用，并且做出相应赔偿。

余美朱的心中隐约有些快意。当初郑遥失踪后，正是顾翼云在电视节目上的所谓心理分析，直接导致林若松的家长将"笑脸男"锁定在余伟雄身上。可以说是她起到了极其糟糕的作用。

余美琪在顾翼云的工作室待了两年，此期间，她小心做事，取得了顾翼云的信任，然后找到时机，联合侯秉琳精准打击。经过这次风波，顾翼云想要东山再起，恐怕很不容易。

那么接下来呢？余美琪打算怎么做？

除了林若松和崔丽影之女冯欣，百合花小组中还有谁呢？

余美朱快快地想，如果知道其他人的名字就好了，这样或许能猜到余美琪的真实意图。

"大姐，你们有这家客栈老板的联系方式吗？"

方程在这家店买了一点特产，大姐说话的语气也变得和颜悦色起来，还抓了一把瓜子问方程吃不吃。

"这个我们怎么会有？"见方程无意吃瓜子，大姐又往嘴里扔了一颗，说道："人家是有钱人，听说还出国留学过呢！不如你们去居委会问问？沉园镇不大，这里的居委会就在过去几条街，就在那个什么沉园的隔壁。"

从客栈走到沉园不过十分钟的距离。过了这座石桥，他们远远地见到当年佛寺留下的古塔，矗立在凄风苦雨之中，显得分外沧桑。

"在为你堂姐担心吗？"

见余美朱脸色凝重，方程将雨伞向着她那边挪了挪。

余美朱微微叹了口气，"以前我只想着堂姐早年没了父母，性格内敛阴沉是情有可原。殊不知她的心机这样深沉，早就有计划弄倒顾翼云。面对仇人，她居然还能沉住气做了两年助理，我真是无话可说。"

"想想她心中的委屈，或许你就能理解了。"方程说道。

"我当然能理解。"余美朱忧心忡忡，"可是她和百合花小组的人一起失踪，除了林若松和冯欣，还不知道其余那些人在笑脸男事件中起到的作用，想来也不会全然无辜。所以我在想她究竟在盘算什么？会不会犯下大错？"

方程犹豫着说道："我总觉得，如果我们能找到郑遥的下落，不论生死，或许这一切疑团都能解开。"

说话间，两人已经来到沉园，不愧是曾经的豪门望族，墙高数丈，气度森严。一个检票员坐在玄关打着瞌睡。从敞开的朱漆大门往里看，巨大的影壁上雕刻着凤穿牡丹，本是富贵荣华之寓意，却因为淋了雨，那只凤凰显得有些阴森。

沉园居委会就位于十多米开外的居民楼里，一楼整层都是居委会办公室。这种上世纪八十年代的公房依靠在沉园大宅旁，不免有些不伦不类。

新上任的大学生居委会主任只有二十二岁。听到要找"晓风残月"的老板，她推了推鼻梁上的眼镜，竭力想要做出一副老成的模样，但实际对周围的情况根本不熟悉。

"晓风残月？是老街上的民宿吗？"她翻着资料簿，一脸茫然，"名字倒是不错，你们想要找民宿老板？他不在店里吗？需要来居委会找？"

"不，因为客栈没有营业，我们想和老板联系。听说老板是本地人，所以想着来居委会问问。"方程解释道。

"网络上有联系电话吗？"

眼看是对牛弹琴，方程无奈道："好吧，我们再想想其他办法。"

这时，有个六十岁左右的老头捧着一个茶杯慢吞吞地走了进来。他抿了一口茶，幸灾乐祸地问道："小张，又答不出来了？你老这样不行啊，社区工作就是要深入基层，要是你抱着只想找份稳定工作的心态，是没法服务群众的。"

小张尴尬地说道："邹主任，你是原住民，我要多多向你请教。"

老头嘿嘿一笑，"不不不，你才是正牌主任，我只是个退休的副主任，要你来指教我才对。"

方程看在眼里，不由得哑然失笑，料想老头对这个年轻的丫头片子主任颇为看不上，偏偏对方又压自己一头，因此逮到机会就冷嘲热讽一番。

老头转向方程，问道："你们要找姓万的？是不是'晓风残月'的老板万缜？"

"是……是吧！"方程含含糊糊地答道。

老头有意卖弄，他往小张对面坐下，跷起二郎腿，用一种说书先生的口吻说道："万家算是这里的原住民了，比我们邹家都要早。据说清末的时候是这个沉园里的护院，立下过大功劳，就是当初那个什么匪乱，姓万的救了主人全家性命，后来得到不少田地和房产，也算是这里的小富哩！"

"那你有万缜的联络方式吗？"余美朱听得不耐烦，打断了他的滔滔不绝。

老头略有不满，白了她一眼，没好气道："当然没有！万家人口单薄，都是几代单传，到了现在这一代，就只剩下这个万缜一个人了。不过人家有钱，哪里会和我们这些下里巴人来往。姓万的据说去了海外留学，一年到头一半时间在国外住，客栈关门没啥稀奇。"

从老头的语气中判断，客栈不营业的原因就是万缜去了海外，但如果是这样，余美琪那个电话又是什么意思？她如果有心要报复那些造成"笑脸男"事件恶劣结果的人，为何还要致电给余美朱呢?

按照余美朱的冲动劲,她恨不得立刻撬开门锁,闯进客栈去一探究竟。

两人正待离开,有个男人操着外地口音冲进办公室,惊慌失措地说道:"邹主任!出事了!老街着火了!"

小张身为居委会主任,资历尚浅,一般居民有事还是先寻求老头帮忙。

老头吃了一惊,"火势大不大?怎么会着火的?"

"消防车来了,不过那间客栈看起来已经只剩下框架了。"

老头将茶杯往桌子上一放,大手一挥,"走!去看看什么情况!"

方程和余美朱紧跟其后,两人隐约有不祥的预感,心中无比忐忑,各自都在想:不会那么巧吧?

屋外小雨已停,空气潮湿如旧。可见袅袅青烟从老街那边升起,从方向判断,冒出青烟的地方临水,应该就是石桥附近。

走近一看,果然就是"晓风残月"。

刚才的阴雨不足以熄灭火势,倒是导致烟雾弥漫。最惨的要数隔壁的米酒商铺,大火熏黑了他们的墙壁,浓烟将营业员大姐熏得涕泪直流,她慌张逃命时摔了一跤,又不慎打碎了十几瓶米酒,可谓是损失惨重。

消防员已经赶到,一边用水枪扑火,一边用大力钳撬开门锁，准备进屋搜索。

火光映在余美朱的眼里，她简直就想要跟着消防员进屋，被方程拉住。

"美朱！冷静点！消防员是专业人士，相信他们！"

这时，一个消防员背着一个男人走了出来，两人都被烟熏得满脸漆黑，像是锅底一般。另外几个消防员赶紧拿出担架，将男人放平。

男人五十岁左右，眉头紧锁、双目紧闭。

四周围满了看热闹的人，既有周边商铺营业员，也有游客。隔壁米酒铺的营业员刚才还在一旁惊魂未定地向别人诉苦，见有人被抬了出来，她又立马钻进人群，惊诧地叫道："呀！原来客栈里有人呀！呀！这不是前几天的住客嘛！原来他们没走啊！"

余美朱听到她这么一说，一把抓住她的胳臂，厉声说道："你见过他？既然你知道客栈里有人，我们问你，你为什么不说？"

营业员尴尬地说道："我也只见过他们住店啊，第二天客栈就落了锁，我当他们一大早走了呢！何况你问我老板，又没问住客。"

余美朱立刻从手机里翻出一张余美琪的照片让她指认，营业员看看照片，又看看余美朱，"这个女生，长得很像你啊。嗯，是和刚刚被抬出来的男人一起来的，同行的还有二男二女，一共是三男三女六个人。"

第二十二章　黑暗尽头

第二十二章　照部易入

黑暗,在他的周围缓缓流动。

他仿佛置身于无边无际的黑暗之海,思绪随着海浪上下浮动。他不断问自己:我是谁?这是哪里?我怎么会在这里?

可惜一无所获。

他相信黑暗会吞噬一切,包括肉体和意识。

他一度以为自己已经盲了,否则怎么会眼前连一丝光感都没有?他一度以为自己聋了,直到心跳声忽然在他的耳边无限放大;他还一度以为自己失去了肉体,仅存意识在黑暗之海中漂荡,直到手指摸到了冰冷的脸颊。

我是谁?这是哪里?我怎么会在这里?

反反复复的自问,得不到任何答案。这里就像是一个冰冷空旷的子宫,他诞生在这里,没有过去,也不能确定是否就有将来。

他起身在黑暗中行走,瞬间就迷失了方向,不知道前后左右。他拼命伸出双手,能够触摸到的只有无尽的虚无。

因为虚弱,他跌倒在地,干裂的嘴唇流出一丝腥甜的液体,他伸出舌头舔了舔,唾液干涸之后,双唇更是紧绷疼痛。本来腹中饥火如焚,现在没有一点儿感觉,就像是腹内也遭到了黑暗的侵袭,变得一片空虚。

就在他仅存的一点点意识即将飘散尽的时候，突然传来一阵金属摩擦的刺耳声音。他用力抬起头，眼睛无法适应突如其来的亮光，只看到白茫茫的一片。

后来他想，黑暗尽头的光芒，就像是很多书中所描写的"濒死体验"，人在走过漫长又黑暗的通道之后，会看到一道白光。

白光越来越强，越来越强，将黑暗驱散得一干二净。

"你到底想怎样？你说！周瀚是不是你杀的？"

万缜睁开双眼，自己还在那间储藏室里，顶灯散发着柔和的光芒。他依靠在一张座垫上，竟不知不觉地睡着了。

在另一角，严慈悦正在和余美琪对峙，两人的争吵声将他惊醒。

赵梦凑过来低声说道："刚才严大姐还想要逼迫高小弟，结果被余小姐阻止，两个人吵起来了。"

余美琪挡在高零身前，冷冷说道："看来你是习惯了胡说八道，大概你能从诬赖别人中获得满足感和高人一等的自豪感吧。你是哪只眼睛看到我杀了周瀚？他是个一米八几的大个子，我怎么杀他？"

严慈悦呵呵笑道："我们在场几乎所有人，都和你爸爸有关，你敢说不是你故意收集我们的资料，将我们引诱到这里来的？"

余美琪淡淡道："是我故意把你们聚在一起组成百合花小组，但这场黑暗可不是由我控制，你们当中有什么人遭受天谴，快点出来认罪，不要拖累我。"

严慈悦指着高零吼道："如果有人要遭受天谴，那一定就是这小子。你快说！为什么要在思思的水杯里下药？你下的什么药？杀人要偿命！"

她越说越激动，伸手就要向着高零抓去。余美琪将她的手拍掉，冷笑道："首先也不知道你所谓的催眠方式是什么，就算你通过催眠回忆起你看过的监控画面，你自己也说了，你根本看不到那只手的主人是谁。单凭高零和你女儿一起出现在轻轨站台就认为他是凶手，我觉得你的猜测毫无根据！"

"那你说啊！你坐轻轨要去哪里？你的家根本不是这个方向！你说！"

高零轻轻推开余美琪，站到严慈悦面前，平静地说道："我只能告诉你，我根本不认识你女儿，完全不懂你所谓的下药是什么意思。至于那天我为什么会在站台上，又准备坐车去哪里，无可奉告！"

严慈悦气出了眼泪，她扑过去对着高零又打又抓，仿佛认定了他就是在女儿水杯中下药的人。高零不躲不闪，任凭她拳打脚踢，眼眶中隐约闪着泪光。

"说啊！你快说啊！你为什么要害我女儿啊？是因为感情问题，还是校园霸凌，又或者是你精神有问题啊？说！"

高零不说话，脸上被她抓出几道血痕，外套都扯破了。所幸严慈悦只是一个瘦弱的女子，力气有限，最凶狠也就这样了。

"难怪你要去顾翼云那里看病。"余美琪冷笑道,"我看你不是走不出丧女之痛,而是压根儿就是精神不健全。像你这种莫名揣测还会信以为真的行为,就是一种精神变态!"

严慈悦停止了抓挠,转向盯着余美琪看了半晌,随后嘴角微微一扬,浮现出一丝高深莫测的微笑。

"我承认当初是我看错了,不过,即使是我看错,也不能证明带走郑遥的那个男人不是你爸爸!"她嘲讽地笑道,"你自己也说了,自从你妈妈走了之后,你爸爸精神开始不正常,精神不正常的人什么事都做得出来,何况不过是拐带一个五岁的小男孩!"

这句话出口,林若松和冯欣紧张的情绪明显缓解了不少,他们迅速站在严慈悦的身后,形成包围之势。

"是啊,"林若松接嘴道,"美琪,你凭什么确定不是你父亲带走了郑遥呢?"

本来林若松是三人中最为惧怕余美琪的,毕竟他的父母带头闹事是导致余伟雄意外死亡的导火索。如今听到严慈悦这么一分析,他瞬间放下了心中的大石头,态度也变得倨傲起来。

这种先有结论再找证据的言论让余美琪涨红了脸,可是一时之间她也无法反驳,只能瞪视着对方微微喘气。

"我可以证明。"

万缜缓缓起身，走到余美琪身边，对着她微微一笑。

"你？"严慈悦用狐疑的眼神看着他。

万缜深吸一口气，"因为我就是郑遥。"

众人皆是一惊，余美琪紧紧盯着他，眼中满是惊愕与不信任。

"不可能！"严慈悦高声叫道，"郑家在本市有很多房产，如果你就是郑遥，你为什么不回去认亲呢？要知道，郑老爷子指定的继承人就是孙子郑遥！"

万缜轻轻叹了口气。这时头顶的灯泡闪了一下，众人唯恐它坚持不住，都担心地将目光聚焦在灯泡上。不知受到什么影响，或许是电压不稳，只见灯泡终究还是一点点地变暗，房间四角笼罩在一片阴影之下。

万缜感到一种压迫感，似乎房间在缩小，四角都向着房间中央挤压而来。他闭上眼睛，回想着那个永远黑暗的世界，轻声说道："就是因为金钱，我才会被困在黑暗世界。"

他还记得那个阴雨绵绵的下午，母亲不知是何原因没准时来幼儿园接他。眼看着小朋友们一个又一个地离开，教室里空空的，一如他空落落的心。

他的记忆中没有父亲的影子，只在照片上见过。父亲高大英俊，但是看起来虚弱得很，远远不如爷爷满面红光。大概是父亲早逝的缘故，爷爷对他宠爱有加，只要他开口，爷爷是有求必应。

相应地，两个姑姑和一个叔叔也是唯恐不遂他的心意。当时大家都以为他是含着金汤匙出生的骄子，现在想来，姑姑和叔叔不过是在讨好爷爷而已。

母亲对他倒是颇为冷淡，反正有爷爷照顾，母亲整天就是外出购物或者约那些闺蜜一起喝下午茶。那时可以喝下午茶的地方只有星级酒店，一次要吃掉别人半个月工资，每次都是母亲买单，那些所谓的闺蜜也乐意翘班奉陪。

迟来接他乃是常态，母亲总会找这样那样的理由。万缜，不，郑遥就在教室里百无聊赖地搭建积木，班主任崔丽影则在窗前发呆，显得心事重重。

不一会，他搭建的积木倒塌了，随后又拿起一只皮球，在教室里拍得嘭嘭直响。他是故意的，他就是要做一个顽劣又不守规矩的小朋友，这样等到母亲到来时，崔丽影才好向母亲告状。

有时，母亲的一顿责骂反而会让他有种存在感。

毕竟，爷爷的疼爱也无法代替父母的位置。他已经失去了父亲，又得不到母亲的关心，这让他觉得很茫然。

学校规定，不准在教室内拍球，可是崔丽影只看了他一眼，皱了皱眉头，并没有出声。

他有个错觉，总觉得崔丽影酷似母亲，但并非因为亲近，相反，正是因为崔丽影待人冷漠平淡，才会让他总是想起母亲。

"我想玩海洋球！"

崔丽影伸手抚着额头，"不可以哦，现在小朋友们都回家了，不可以一个人玩海洋球哦。再忍几分钟吧，你妈妈应该也快来了。"

"不要！就是因为别的小朋友不在，我才可以一个人玩海洋球呀！我要玩，我要去玩！"郑遥用力跺着地板。

这时，生活老师探进头来，说是有崔丽影的电话。

崔丽影身体一晃，激动地走了出去，压根儿没有注意到教室门并未关严。

郑遥偷偷溜到操场，他一会儿爬滑梯，一会儿荡秋千，再抓起一把沙子撒向空中，玩得不亦乐乎。唯一有点不爽的是，小雨弄潮了沙子，粘得他满手都是。

"遥遥。"

他一转身，只见有个二十多岁的男子站在滑梯旁，看起来有点面熟。

"遥遥，认识叔叔吗？我是你小叔叔的朋友呀。"

郑遥想起的确不止一次见过此人和郑永城在一起，他麻溜地从滑梯上滑了下来，打量着男人，"找我干吗？"

男人笑道："今天你妈妈出去找闺蜜喝茶了，赶不及接你，就找了你小叔。但是刚好你小叔也有事，所以让我来接你回去。"

郑遥心中叹了口气，母亲心很大，曾经委托过很多人来接他，有时是闺蜜，有时是闺蜜老公，有时是邻居，还有一次是社区保安。因此，他对男人并无特别防备的心理。

"我想玩海洋球。"

男人笑了笑,"好啊,我记得你家附近有个商场的儿童乐园里有海洋球对吧?叔叔带你去玩好吗?"

郑遥点点头,顺从地将手交给男人,任由他牵着自己离开幼儿园。

结果,他没有去儿童乐园,而是被关在漆黑的仓库里。

黑啊,真是黑,伸手不见五指,让他真正明白了什么才是黑暗。

刚开始他就站在铁门边,哭闹,喊叫,拼命拍打着铁门,让它发出震耳欲聋的响声。等到他累了,他往后退了几步,想要休息会儿再求救,却已经找不到铁门了。

黑暗,真的会让人迷失。

他在偌大的仓库里转悠,东走几步,西走几步,强烈的恐惧充斥着他的内心,他的脑海中一片空白。

我是谁?这是哪里?我怎么会在这里?

他不知道在黑暗中待了多久,只知道他的各种感官被黑暗逐渐吞噬、逐渐消失,本来他还能听到他剧烈的心跳声,可随着时间的流逝,他的心跳也越来越弱。

冷、饿、害怕,他都感受不到,反而有种异样的平静。

他冷吗?不。他饿吗?不。那么他是谁呢?不知道。

黑暗夺走了他的思维,就在他以为自己马上就要和黑暗融为一体的时候,一声巨响让他重见天日。

"很巧是不是?"万缜淡淡笑道,"我的养父母刚巧来到本市旅游，他们路过关着我的那间仓库时，听到小猫的叫声，养父以为小猫被困在仓库里，于是想办法弄断了外边的锁链，结果打开仓库大门看到了一个小男孩。"

"不对！"严慈悦反驳道，"如果你就是郑遥，你为什么当时不回去？"

万缜幽幽地说道："我根本……不记得我是谁。"

万家夫妇救出郑遥后，发现这个小男孩反应迟缓，明明已经有五六岁的模样，他却连自己的名字都说不清。当时他们以为这个小男孩智力有障碍，因而被狠心的家长遗弃。

万家夫妇曾经生育过一子，可惜很早就夭折了。他们觉得与郑遥很有缘分，便将他带了回去，并取名为"万缜"。

大约在万缜八岁的时候，经过一段时间的调养，他已经完全恢复了记忆，并且还打了个电话回去。

接电话的就是郑老爷子，听到曾经最最爱自己的爷爷的声音，万缜忽然觉得很遥远很陌生。话筒里隐约传来小叔叔的说话声。

"喂！"爷爷的声音很长。

"现在，天亮了吗？"不知为何，万缜莫名其妙说了这句话。现在想来，那是因为他的心尚被留在黑暗世界中，还未回来。

"那……那你现在也可以回去啊。"严慈悦说道。

万缜淡淡一笑，"长大后，我稍微想想就明白了。是小叔叔找人把我关起来的，因为爷爷说过要把所有的不动产都留给我。既然如此,我现在这样幸福,何必要回去蹚这浑水呢?再说,我的母亲已经改嫁了,现在应该很幸福吧!"

在低低的啜泣声中,余美琪双腿无力地蹲了下去,双手掩面而泣,"我的父亲,我的父亲,他终究是清白的,他终究是清白的!"

"啪"的一声,储藏室里最后的顶灯也熄灭了,众人终于完全陷入黑暗世界。

第二十三章　惡魔天性

第二十二章 明圓天性

第二十三章 恶魔天性

"那天,我们一行六人来到沉园镇,入住在客栈'晓风残月'里。"

六个小时后,高风亮终于在医院里醒来。他吸入不少浓烟,呼吸道有些受损,因此说话声音非常嘶哑,有气无力。

他神情萎靡,每说一句话都要闭一下眼睛,像是在搜索记忆。

"我们这群人,除了余美琪小姐之外,都是顾翼云心理工作室百合花小组的成员。顾翼云老师探索新的心理治疗方式,其中之一就是病友互助。而我们这群人聚在一起之后,互相开解,的确好了很多。不过嘛……"

高风亮自嘲道:"说白了就是用别人悲惨的例子进行自我安慰吧。听了别人的故事,就会想或许自己还没那么差。"

余美朱很想马上问问除了他之外的另外几个人到底去了哪里,可是看到他虚弱的模样,还是忍住了没有开口。

"那家客栈是林若松介绍的,说是曾经住过,感到与老板很投缘。这家客栈你们也看到了,规模很小,一共就只有不到十间客房。除去老板,也不过一男一女两名服务员。"

方程插嘴问道:"老板是不是姓万?"

"是姓万,叫万缜。怎么?你们认识他吗?"高风亮问道。

"不是。"

高风亮没有再追问，继续说道："当晚，天空下着淅淅沥沥的小雨，不过两岸悬挂着红灯笼，随风飘扬，站在客栈的临水平台这里，景致很好。"

余美朱想起那家客栈的确有个亲水平台，平台上还搭建着一座小小的竹亭，周围是爬满了牵牛花的篱笆。

"老板很好客，本来这种民宿是不做餐饮的，不过当天我们去了六个人，算是团体，所以他请我们晚上在平台上烧烤。当晚真的很开心，老板烤肉的水平很高，啤酒也冻得恰到好处，入口特别清凉舒适。他还说了一个奇怪的都市传说，一个有关连环杀人犯的都市传说。"

余美朱记得她从水岸探出头张望的时候，看到临水平台上横七竖八躺着几个啤酒罐，看起来是主人走得匆忙，根本来不及收拾。

"这个时候，我那十八岁的儿子高零突然出现了。"高风亮苦笑道，"自从我妻子去世之后，儿子开始进入青春叛逆期，我和他之间的一点点不融洽都会演化成不可调和的矛盾。我真的很困惑，很痛苦，我已经失去了最爱的妻子，现在又和儿子……所以我才会去找顾老师寻求帮助。"

"那你儿子怎么会突然出现？"余美朱问道。

"他没说，可能是无意中发现的。"高风亮说到这里，忽然开始大声喘气，喝了一大杯水之后才继续说道："他的到来让我很吃惊，而他也不改叛逆本色，处处针对我，让原本欢快的气氛变得压抑又难堪。刚好此时雨势变大，于是我们来不及收拾东西，就回到了客栈内避雨。

"我本想与高零睡一间房，不过他坚决不愿意。我的心情真的很糟糕，之前在心理咨询室好不容易转向正面的心态又开始变得消极。我躺在床上，听着窗外哗哗的雨声，怀着对妻子思念和愧疚的心情，我感到身心俱疲，眼皮更是重得抬不起来。后来我一直处于似梦似醒的状态，恍惚中好像有人进来过又出去。再后来，我就在医院醒来了。护士告诉我，'晓风残月'发生火灾，那么其他人还好吗？我的儿子呢？"

余美朱与方程面面相觑，本以为高风亮醒来后就能知道其余诸人的下落，可是他却给了一个怪异的回答。他说他从周五晚上就一直处于昏迷状态，这是说他沉睡了有四天吗？

如果说他睡了四天，那么其他人呢？消防员搜索过整栋客栈，除了高风亮，并无第二个人存在，那些人去了哪里？

"你说你一直在沉睡？"

高风亮苦笑道："间或可能醒来过，但是我觉得很迷糊，也爬不起来。你们还没告诉我，我儿子呢？"

方程摇摇头，"我们不知道。"

接着，他们把接到余美琪怪异来电的事说了一遍。高风亮愕然道："你说你是周六接到的电话？那么你们怎么不来找我们呀？"

"我第一时间赶来了。但是……"余美朱踌躇道,"客栈大门紧锁,我从窗户往里看,好像一个人都没有。"

高凤亮惊愕地张大了嘴巴,半天无法合拢。

"这算是什么情况啊?"

坐在一旁用心记录,一直没有说话的张行善警官此时起身道:"高先生,这件事虽然奇怪,但是我相信不会毫无迹象可循。你身体虚弱,先在医院好好休息,我们告辞了。如果你想起什么其他线索,请和我联系。"

高凤亮低声说道:"其实我并不是担心高零,反而是其他人。"

三人停住了脚步,有些不解地看着他。

"我的儿子高零他实际上并非我的孩子。"高凤亮字斟句酌,似下了重大决心,"他是杀人犯肖伟强之子!我担心,我担心他本性难移,会做出伤害别人的事!"

张警官大吃一惊,失声道:"肖伟强?你儿子是肖伟强的儿子?那么你太太是?"

高凤亮痛苦地闭上眼睛,"是的,我太太就是那名晚归时不幸被肖伟强打劫的女子。肖伟强殴打、强暴了她,还用湿毛巾捂住她的口鼻想要闷死她。最终她装死逃过一劫,可是她不愿意说出真相。这是多么羞耻、惨痛的真相啊!"

他的耳边又响起雨声,那是个多么恐怖的夜晚。从窗外望去,那是除了哗哗的雨声之外,伸手不见五指的黑夜。他本应去车站接晚归的妻子,可是却因为要准备接下来的工作而没去，任由妻子独行。

我是个罪人。

高风亮眼前浮现出妻子浑身湿淋淋站在门外的情景。那个小小的女子，独自承受这样的痛苦，这一切都源于自己的疏忽大意。

他悲怆地说道："我本以为随着肖伟强被执行枪决，我和妻子的伤痛终将会随着岁月的流逝而慢慢平复。不久，妻子诞下可爱的孩子，那时，我真的以为一切灾难都已经过去，我们真的是冲破种种阻碍，好不容易才在一起的。"

"那你怎么会发现高零并不是你的孩子？"方程小心地问道。

"我的妻子在儿子十二岁那年不幸去世。她在临死之前单独同他说了一会话，等到儿子从病房里出来的时候，他的样子很奇怪，也不和我说话，经常独自发呆。此后，我们父子的关系每况愈下，直到一年前体检，我发现他的血型很特殊，既不随我，也不随他母亲。"

高风亮用力捶着床架子，惨叫道："我偷偷取了他的头发与我进行比对，他果然不是我的孩子！再联想到他的出生日期，那时候和他母亲一起的男人就是肖伟强！"

他说得惊心动魄，三人听得胆战心惊。

"可是肖伟强已死，实际上你无法求证。"张行善警官冷静地说道。

"不！一年前，我看到了恐怖的事情。这让我确定，阿零就是肖伟强的孩子！"

一年前，高风亮想要修补父子关系，主动去接儿子下课，顺便找个地方吃顿大餐以享天伦。当天他看到儿子从学校走了出来，正打算迎上去，却看见儿子一转身，走上另外一条岔道。

这让高风亮觉得有些奇怪，那并不是回家的方向，于是他也跟了上去。

走了一段路，他发现儿子并不是漫无目的地乱逛，而是在跟踪一个少女。

那少女走得慢，高零就放慢脚步；那少女走得快，高零就加快步伐。

一路跟着少女来到轻轨车站，少女走进候车室，找了个座位坐下，然后翻开练习册，边等车边做习题。这时候来了很多候车乘客，候车室挤满了人，高零就在少女几个身位后，静静地看着她。

少女大概觉得口渴，拿出保温杯喝了一口水，然后盯着习题思索。让高风亮震惊的一幕发生了，他看到儿子缓缓伸手，将一颗药丸状的东西扔进少女的水杯里。

他的动作是如此迅捷，一气呵成，相当熟练。

高风亮惊呆了，就在他以为儿子对那少女下药是有什么不良居心的时候，地铁播报响起，列车即将进站。

乘客们一窝蜂地离开了候车室，高零也走了出去，那个少女则继续坐在原位，眼睛发直，神情有些呆滞。

他察觉到高零虽然在站台上，却一直在关注着候车室，观察着少女的一举一动。

远处传来列车的呼啸声，少女如梦初醒般起身，她并没有去拿书包，而是推开玻璃门，踉踉跄跄地走上站台。就在列车驶入的一瞬间，她奔到站台的最前端，用力挤进屏蔽门，毫不犹豫地跳了下去！

列车来不及刹车，顿时将少女撕成碎片。站台上的乘客们乱成一团，呼喊、尖叫、四下逃窜，只有高零站在一块广告牌后，冷冷地看着这一幕，嘴角露出一丝怪异的微笑。

"我不知道他为什么要这么做，更不知道他是从哪里弄来的药丸。看那女孩子的模样，应该是受到精神类药物影响而神志失常。后来我才知道，那个女孩居然是我们百合花小组中一个成员的女儿。"高风亮双眼含泪，"我对不起她，我真的对不起她！"

"那个成员，也和你们一起去了沉园镇吗？"余美朱问道。

"是的，她叫严慈悦，是一家企业的人事主管。"

严慈悦，余美朱在心中默念，她想起自己看过的那段顾翼云的心理分析视频，里面就有对目击笑脸男的"严小姐"的采访片段。

林若松、冯欣、严慈悦，还有呢？还有谁？这些人居然个个都有心理疾病，这让余美朱深感命运的不可思议。如果说刚开始余美琪的计划仅仅是弄垮顾翼云，这些人的出现仿佛又给了她一个报复的机会。

"我很担心,我真的很担心。"高风亮面容扭曲痛苦,"我不知道高零到底在想什么,可是我能感应到他的变化。他不是我的儿子,他在向着亲生父亲那里转变。肖伟强是恶魔,他是恶魔之子,杀戮是他的天性!"

张行善警官不置可否,他见多识广,再残酷的案件都见识过,所以并不相信这种"遗传"式的作恶。他总说,任何事都在于个人选择。

"高先生,你好好休息吧!或许一觉睡醒,你又能想到其他线索呢!"

高风亮苦笑道:"我睡了这几天,还没睡够吗?"

三个人离开病房。张行善出去接了个电话,返回时说道:"我请同事帮我查了出入境,万缜大约在今年九月份回国,然后就没有出境的记录。换言之,他还在国内。"

"也就是说我们找到万缜,应该就能找到其他人?"余美朱说道。

方程苦笑道:"也不要太乐观,这件事很怪异。如果要失踪,当然是一行人一起失踪,为什么独独高风亮留在客栈内呢?他的情形,像是被喂食了安眠药,这又意欲何为呢?"

"对了,我同事还说,万缜有过行政处罚记录。这个违规很奇怪,好像是他无照经营一家叫作'黑暗迷宫'的鬼屋,后来因为太过恐怖,导致一名游客心脏病发。"

"黑暗迷宫?"方程若有所思。

两人打算再去一次"晓风残月",希望能从火灾过后的断壁残垣中找到一些头绪。余美朱似想起什么,忽然问道:"张警官,高先生的妻子是真的被连环杀手伤害过吗?"

"这还能有假?"张警官说道,"他的妻子叫吴淑筠,验伤时她死活不愿意接受是否遭到侵犯的检查,只一口咬定被殴打。当时我看她的情况就觉得很可疑,没想到,唉!"

他自顾自叹气,没有看到余美朱发白的脸色。

"吴淑筠是我的伯母。"

"啊?"方程诧异道,"你说谁?"

"吴淑筠是我的伯母,也就是余美琪的亲生母亲。高先生是做哪一行的?"

张行善想了想,"听说以前是编辑,现在在一家广告公司当策划。"

"是,我听父亲说过,伯母的初恋就是一个编辑。当初因为父母反对而分开,编辑远走他乡,后来回到本市工作,伯母就义无反顾地抛夫弃女,投奔真爱了。"余美朱悻悻道。

林若松、冯欣、严慈悦、高风亮,这几个人与笑脸男之间的关系,终于逐渐明朗。余美琪到底在想什么?她到底要做什么?

第二十四章　阴森笑声

第二十四章 聞森笑事

众人的眼前忽然一黑，冯欣立刻爆发出歇斯底里的尖叫，严慈悦厉声叫道："余美琪！这是不是你搞的鬼？你要报复我们是不是？你已经杀死了周瀚，接下来就要一个个轮到我们了！"

"不是我在搞鬼，是你心中有鬼！"余美琪尚带着哭音。

"嘿嘿嘿。"黑暗中传来一阵阴森的笑声，这是林若松的声音，可是仔细听听又觉得不是很像。林若松是个温和内向的青年，说话从来都是轻声细语、慢条斯理，此时的笑声充满嘲讽，透着一股冷酷之意。

"若松，你怎么了？"严慈悦问道。

笑声顿歇，低沉的男声回答道："我不是那个懦弱胆小的林若松，我是蔚蓝！"

万缜和赵梦还好，其他几个人都是心里一惊。

"若松，你，你……"严慈悦惊道，"你旧病复发了？你又看到了那个人吗？"

林若松嘿嘿笑道："那个人？哪个人？你是说我吗？这小子是个胆小鬼，遇事就只会躲起来，那时候也是，现在也是。"

"什么是那时候？"余美琪冷冷地问道。

"就是笑脸男被杀死的时候呀!"

黑暗打开了人们心底的另外一扇门,林若松嘻嘻笑着说个不停:"他一直笑,一直笑,就算被家长们包围着还是在笑,真有趣,笑嘻嘻,乐呵呵,完全不知道接下来是什么样的命运等待着他。"

"住口!"余美琪喝止道。

"他被人推搡、谩骂、斥责,这人大概是个结巴,说话含糊不清,每一句都像是在坐实家长们的控诉。也不知道是谁推了他一把,也有可能是他自己没有站稳,突然就摔倒在地。"

"不许说!"余美琪开始抽泣。黑暗中,万缜想要靠近她,却摸了个空。

"我看到林若松那孬种站在一旁不知所措,真的很好笑,他整天担心我会代替他,可是他又离不开我。工作压力大想到我,没有朋友空虚时想到我,想要逃避现实时想到我。这一次,我决定不走了。"

"你到底是谁?"严慈悦颤声说道。

"我是蔚蓝,我是林若松创造的tulpa。"冰冷深沉的声音在黑暗深处传来,似乎来自遥远的地方,又似乎无处不在。

余美琪知道林若松的精神障碍本来已经得到抑制,可是又因为这场黑暗而大爆发。她暗想如果能重见光明,这一次的治疗需要花费比之前更多的时间,还需要采用更加复杂的治疗手段。

黑暗中，她缓缓露出了笑容。

是不是能重见光明，她根本无所谓，只要能让这群人感受到恐怖，经历她的父亲所遭受到的痛苦，她就心满意足了。本来，她设计将这群人编入同一个小组，就是想要在互助会上，引导他们回忆当年的情况，通过他们各自的讲述找出真相。

现在这种情况，非她所想。

这时，房间里忽然传来一阵"嘶嘶"声，冯欣大叫道："来了！它来了！"

"各位！请各位冷静！"万缜沉声说道，"请大家冷静地听我说一句话好吗？"

"你还想说什么？"严慈悦问道。

万缜稍稍沉默了一会，随后低声说道："江年，江年你在吗？现在把灯打开吧！"

众人不明所以，只听见"沙沙"的声音，像是对讲机。

"怎么回事？这是怎么回事？"余美琪将手机打开，调成电筒模式，果然看见万缜的手里拿着一只鹅黄色的对讲机，机器里发出沙沙的噪声。

见众人都用狐疑的眼光看着自己，万缜有些不好意思，解释道："对不起，各位。没有经过你们的同意，我擅自将你们作为实验对象，想要探究人们在面对不可名状的黑暗时会产生的各种奇特心理。"

"到底是什么意思？"冯欣止住了哭泣，问道。

赵梦开口道："其实呢，万先生在国外一直进行心灵学方面的研究，之前也在国内进行过类似的实验。"

"实验？"余美琪将手机照向她，只见此时赵梦神态与之前的服务员模样大相径庭。她将凌乱的头发简单束起，倒是增添了几分职业女性的气度。

"没错呢。"赵梦说道，"万家以前是沉园的护院，曾经为了保护主人立下汗马功劳，因此沉家主人非常信任万家。这里其实就在沉园的地下，那是沉家主人为了避祸而建造的秘道，深约五米，占地约莫整个沉园。我们将部分地下建筑进行改建，看起来酷似'晓风残月'，其实整个客栈的规模有所缩小，格局也显得逼仄了一点，不过你们是第一次来客栈，所以感觉不太出来。"

万缜笑道："其实呢，我很担心你们一冲动去开临水平台的那道门，要是打开那道门，恐怕就要露馅儿了呢。"

说话间，几个人慢慢扶着楼梯走到客堂。高零走向一楼走廊的尽头，用力推了推通往亲水平台的房门，果然推不动。

"你们是不是脑子有病？"严慈悦怒道。

万缜不好意思地说道："真是对不起。前一段时间林若松来到我们客栈做客，说起你们心理互助会，我突发奇想想到这个实验。其实呢，你们是第一批实验对象，之前我们都是用黑暗迷宫的形式。"

"呵呵，还真是林若松这个傻瓜。"林若松悻悻然，"这家伙胆子小，但是容易轻信别人，稍微谈得来一点，他就恨不得把自己的银行卡密码都说出去。也难怪，他又没有朋友，呵呵。"

余美琪借着电筒的余光打量他，此时的林若松也并非她平时见到的那个。他表情非常冷峻，嘴角浮现着一丝嘲讽的笑意，似乎一切都不放在心上。

"黑暗迷宫，又是什么东西？"高零问道。

万缜又对着对讲机催促了一声，不知是接触不良还是怎样，话筒里只是传出沙沙噪声，并没有人回应。

不过万缜看起来并不慌张，他说道："我在国外研究心灵学的时候，曾经看过一本书，叫作《人类酷刑史》，这本书里提到了一种叫作'黑暗使者'的酷刑。"

书中描述在中世纪罗马尼亚北部，曾经活跃着一个奇怪的教派，他们自称是从永远黑暗的国度而来。他们宣扬黑暗乃是永恒，黑暗囊括了整个宇宙，唯有去比深渊还要深幽的黑暗虚空深处，才能找到不灭的真理与神力。

在那里，有一种酷刑，犯下罪孽的人会被弄瞎眼睛、刺坏耳朵、割去舌头，在感官遭到严重破坏之后，被关进古堡的地窖之中。

"我的黑暗迷宫就是根据这个原理，迷宫中没有任何光源，甚至我还刻意制造了很多没有意义的噪音，每走一步都要依靠触摸。"万缜说道，"通过这个迷宫，我得到很多有趣的数据和案例,所以才想到将这里的地下建筑改建,尝试更进一步的实验。"

"黑暗迷宫。"余美琪迟疑道,"我似乎听说过这个名字,是一个有名的鬼屋对吗?后来我记得被工商局取缔了。"

万缜尴尬地说道:"是啊,因为我没有营业执照。"

众人一时啼笑皆非,严慈悦问道:"这栋屋子应该有摄像头的哦,那你应该知道是谁杀死了周瀚,到底是不是这女人?"说完这句话,她伸手指向余美琪。

赵梦说道:"为了保护大家的私隐,每个人的卧室里都没有摄像头,仅在大堂和走廊以及储藏室里有。我们的设想是通过黑暗的步步逼近,最后大家都会聚集在储藏室里。"

"那我爸爸呢?"高零忽然问道。

万缜微笑道:"放心吧,我想你爸爸应该已经在控制室了,江年会接应他的。"

这时,林若松不耐烦地说道:"不是说开灯吗?怎么到现在还没有动静?"

万缜也奇怪地说道:"难道江年出去了吗?不太可能啊。"

这条地道的另一端是在沉园之外,那里有一间摇摇欲坠的古老民居,那是万家的老宅,地道入口就在老宅之中。若不是有一日万缜回去整理旧物,也不会无意中发现这条地道。

由于沉家在捐赠园林之时已经把地道的入口封锁，因此就连如今管理沉园的工作人员也不知道还有这么一个地方。

无论万缜如何呼唤，对讲机的一头依旧只有噪声。

"我不要留在这里，我要出去找出口！"林若松率先推开客堂的大门，迎面便是漆黑一团，即使用手机手电筒向着外面扫，依旧只能看到两米开外。

不过这一次，众人既然知道这是人为并非天灾，心中比较笃定，便各人都打开手机手电筒，跟在林若松的身后走了出去。

"我的小像还留在二楼。"冯欣怯生生地说道。

"欣欣，你只是心病，只要你鼓起勇气克服内心障碍，你的左腿一定能恢复行动。这种乌七八糟的东西，你千万不要相信。"余美琪真心说道。

冯欣尚未答话，严慈悦冷笑道："也不知道谁乌七八糟。姓高的，你还没说清楚，那天你为什么要坐轻轨？说啊！"

高零不予理会，只是跟在余美琪身后。

忽然，只听见余美琪"啊"了一声，她的手机落在地上，屏幕碎了，发出莹莹之光。严慈悦不知从哪里拿了一把水果刀，死死抵在余美琪的脖子上，阴惨惨地说道："姓高的，你喜欢这女的对不对？我现在给你一个选择，你说还是不说？要是你不说的话，我就让她去陪我的思思！"

高零沉默不语，一双眼睛紧紧盯着她。

"严女士,请你不要冲动,有什么事我们出去说好吗?"万缜刚刚向着严慈悦靠近一步,就惹来她的大叫。

"不准过来!你要是过来,我一样杀死她!"

余美琪倒是面无惧色,反而不断说话刺激她,"万老板,你的实验很成功,逐步逼出了各人的本色。慈悦姐,你真的当你自己是个温柔贤淑的贤妻良母吗?如果你真是,你会信口开河,成为逼死我父亲的帮凶吗?"

"闭嘴!"严慈悦怒吼,她将水果刀往余美琪的脖子处紧了紧,锋利的刀锋划破了她的皮肤,一滴鲜血落进黑暗之中。

"你到底说不说?"

高零深深吸了一口气,"那天,我的确在轻轨站,亲眼看见你的女儿跳入轨道。你也没说错,是有人在你女儿的水杯里下药,这一切我都看到了。"

"是谁?说!到底是谁?"严慈悦松开了手,神情略显癫狂。

"是我的父亲,高风亮!"

这句话犹如一道惊雷,众人只觉得晕头转向。

第二十五章　老宅秘道

第二十五章 老宅秘道

自从老板发生车祸之后,"转角遇到爱"咖啡馆就宣告停业。站在门外透过玻璃窗往里望去,一切摆设井然有序,就像主人只是临时外出。

一个六十多岁的老头子踢着棉布拖鞋,叼着一支烟出现在店门口。他疑惑地看了一眼张行善,警惕地问道:"你是谁?"

张行善向他出示警官证,老头随便瞟了一眼,说道:"不是交通意外吗?有人谋害他?"

"不是,我只是过来了解一下情况。"

老头咕哝着打开咖啡馆大门外的锁链,"了解什么情况啊,真是倒霉,本想靠着这间铺子养老,结果咖啡店开张只有几个月,居然发生这种倒霉事。"

"你是店铺所有人吗?"

"是啊。"

老头拉开店门,自己走了进去,张行善跟了进去。他之前也看过方程给他的监控录像,发生失踪案前后几天,摄像头的位置的确发生过变化。此次来看,摄像头又恢复到失踪案前几天的状态,果然是被咖啡馆老板调整过。

张行善查过咖啡店老板的背景,他叫章伟,今年四十岁,一年前从外地来到本市。这家咖啡馆是前店后宅模式,他就住在店里，倒也省去了住宿费。

他为什么要移动摄像头的位置呢？又那么凑巧，他刚把摄像头移走，次日郑星宇就失踪。还有方程发现他曾经目不转睛地注视着郑太太和郑星宇，这算是在筹谋吗？

只可惜章伟已经死去，就算他和郑星宇的失踪有关，如今线索已断。

"警官，你看完了没有啊？一会儿有客人来看铺子，你这样留在这里不太方便吧？"老头子下了逐客令。

张行善只能走出咖啡馆，这时他看到在马路对面有一个女子手捧一束洁白的白玫瑰缓缓而来。那女子打扮华丽、妆容精致，她摘掉鼻梁上的名牌太阳镜，微微弯下腰，将那束白玫瑰放在路边。

那正是咖啡店老板章伟遭遇车祸的地方。

另一边，方程与余美朱来到"晓风残月"。经过那场火灾，本就陈旧的小楼变得支离破碎，门前有一条警戒线，阻止不明真相的人们进入。他们也不敢随便走进去，只能围着小楼看了又看。

"这家客栈是万缜所开，也只有他有机会下药迷倒高风亮。"方程说道，"我们必须找到万缜。"

余美朱来到石桥边，目光越过篱笆看向亲水平台，后门靠水，火势没有波及亲水平台和凉亭。一阵风吹来，地上一个啤酒罐咕噜噜地滚了几下。

"你觉得高风亮的话可信吗？"她突然开口说道。

方程有些不解地看向她,"你另有所指吗?"

"我查过笑脸男的传说源头,那是来自二十年前,一份叫作《现代传奇》的二流报刊。这份报纸以抄袭各种小道消息出名,最初就是这份报纸上写有个男人因为被妻子抛弃而变得痴傻,整天化装成小丑逗路上的女人开心。"

余美朱双眉紧蹙,"而我现在才知道,伯母吴淑筠的外遇对象就是高风亮。而高风亮之前曾经做过一段时间的报刊编辑,所以我现在怀疑,刻意用笑脸男污蔑羞辱我伯父的人,就是高风亮!"

"你的意思是,高风亮因为记恨你的伯父抢走爱人,所以故意在报纸上用小道消息的形式丑化他,结果形成都市传说。又恰逢郑遥失踪,那个目击者严慈悦又说见到一个画着小丑妆的男人带着一个小男孩,这一连串的事件最终导致你伯父死亡的恶果。"方程沉吟道,"不过照我看来,高风亮最奇怪的一点是指证儿子高零在严慈悦女儿的水杯中下药,造成严女跳轨自杀。他之前不说,现在却说,不知道他心里是怎么想的。"

余美朱摇头道:"我倒是觉得他一口咬定儿子会伤害其他人才奇怪,就算他儿子在严慈悦女儿的水杯中下药,凭什么就确定这次也会伤害别人呢?"

"所谓恶魔的天性吧!"

两人在谈话间再次来到沉园镇居委会。刚巧那位邹主任正站在办公室门口抽烟,方程笑着迎上去,递上一包软中华,笑道:"邹主任,你还记得我们吗?"

邹主任接过香烟,呵呵一笑,"怎么?又来打听姓万的?你们不去找小张主任吗?"

"小张主任毕竟年轻,哪里及得上你老人家见多识广。邹主任,万家除了老街上的客栈之外,还有别的宅子吗?"

邹主任扔掉手里的香烟,点上一支中华,狐疑地看着两人,"你们怎么这么想找万缜?难道他欠了你们钱?"

"拜托你啦。"

邹主任指了指沉园的另一边,说道:"我记得在沉园北边的一小片民居那里,应该还有万家的房子,不过都是一些很破旧的房子了,我估计就算那个姓万的回国也不会去住。"

沉园的北边本来是农田,是一片荒凉之地。如今沉园镇靠着旅游业兴旺发达,绝大部分农民都开始做纪念品生意,所以索性将房子借给外地人,自己搬去城市居住。

北边人迹罕至,那边的民居又小又破,绝大部分都空置着,不少当地人纯粹等着有朝一日能拆迁。

"应该就在这附近了。"

越走越是冷清,不一会儿,这条泥泞的小路就只剩下方程与余美朱两个人。

"你为什么要来这里?"余美朱颇为不解。

方程说道:"之前张警官提到'黑暗迷宫',我突然有个很大胆的猜测。"

"嗯？"

"那个'黑暗迷宫'我听说过，是前几年很有名的一个鬼屋。说是通过黑暗和噪音，断绝人的视觉和听觉，完全依靠触摸在鬼屋里行走。这个鬼屋一度成为网红，还出现一票难求的情况。后来据说某次活动时，一位客人心脏病突发，虽然经过及时救治没有生命危险，但是警方查到那个鬼屋根本没有营业执照，所以最后关门大吉。"

"你的意思是，万缜会再次建立一个黑暗迷宫，然后将这群客人关在里面？"

方程"嗯"了一声，"关于这个'黑暗迷宫'还有一个说法。"

"怎么说？"

两人此时站在那片民居的中间地带，面朝一间又破又旧的宅子。这间屋子就如同上世纪八十年代的滚地龙一般，洗手台在屋外，应该是生怕被外人盗用自来水的缘故，水阀被取走，只剩下光秃秃的水管。

这片民居的房顶普遍很矮，感觉来个高大的男人就可以一跃而上。屋子与屋子之间的过道极其狭窄，两边的屋檐几乎就要触碰在一起。

他们面前的那间屋子散发着陈旧简陋的气息，房门是最简单的司必灵弹簧锁，门上还有一个环形把手。方程握着把手推了推门，发现房门是锁上的。

"我听说'黑暗迷宫'的老板建造这个鬼屋另有目的，

他通过观察人在黑暗中的种种表现，研究人类心灵。换句话说，就是国外一度很流行的超心理学。"

余美朱嗤笑道："真有趣。超心理学，简直就是装神弄鬼嘛！"

"所以，我现在有点担心，万缜是不是将那群人当作实验对象了。"

说着，方程又推了推房门。这一下，他用了很大力，只听"咯咯"一声，陈旧的门锁裂开，房门竟然被他推开了。

"如果是实验对象，高风亮为什么会留在客栈内呢？"余美朱表示不解。

方程苦笑道："这个嘛，我也不知道了。"

屋子共有里外两间，外间有一些桌子椅子之类的简易家具。方程伸手抹了把灰尘，脸色有点严峻。

"从落下的灰尘来看，不像是长期没人待的地方。"

外间还有一点光线，里间很昏暗。余美朱壮着胆子走了进去，一脚就踢到了一个软软的物体。

她打开手机手电筒，慢慢蹲下身子，顿时大吃一惊。

只见里间有好几台监控设施，不过此时都呈黑屏状态。地上仰面躺着一个人，双目紧闭，不知生死。

方程将手指轻轻放在他脖子处，"还有微弱的脉搏！"

余美朱立刻打电话叫救护车，方程则注意到在屋子最深处有一个柜子，柜门半开，隐隐有股湿冷的气息传来。

他拉开柜门，只见柜子中空，居然有一排楼梯通往地下。方程用手机敲了敲柜门，幽深的声音传递到极远极远的地方。

"美朱，你留在上面等候救护车。你留在里间要小心，如果外间有人进来你就立刻报警不要犹豫！"

说着，他便就着手机照明，沿着楼梯，缓步走了下去。

完全出乎他意料的是这些楼梯是用石头雕刻而成。原本此地阴冷潮湿，石头上理应青苔横生，不过他落脚处一点都不湿滑，可能是有人刻意清理过。

走下石阶大约十多米的距离，他已经完全被黑暗包围。方程的手机只能照到脚下的石阶，他忽然感到一阵孤寂，心中莫名产生一种恐慌，开始担心若是余美朱将柜门关闭，自己是否就要与这石头、黑暗，还有潮湿的空气融为一体。

难怪有名游客在"黑暗迷宫"中突发心脏病。

终于来到石阶的尽头，那里有一条长长的通道，他强压着心中的不安，继续沿着这条通道往里走。大约五分钟之后，他来到了地道的尽头，摸到了一扇冰冷的铁门。

他走得急，不慎撞到了铁门，发出一声巨响。

响声在通道中回荡，震得他耳膜嗡嗡的，好不容易等到声音散去，紧接着又是一声巨响！

这一次，是从门那边发出来的。

"江年，是不是江年在那边？"铁门隔绝了部分人声，他听不太清楚，可能是在呼唤一个人。

方程摸索着找到铁门的门闩，用尽九牛二虎之力，终于将门闩拉开,铁门缓缓而开。

"江年!你去了哪里?怎么回事?为什么我叫你开灯你没回应?"

为首的一个男人一把抓住方程,但是在手机电筒的照射下,他发现来人并非江年。

"你是谁?江年去了哪里?"

方程打量着眼前的男人,镇静地问道:"你是万缜先生吗?"

男人停下动作,打量着他,"你是谁?江年呢?"

这时,从铁门内出来更多的人,在几台手机一起照射下,通道内顿时亮堂了许多。一个十七八岁的少年搀扶着一个脖子受伤的女子,那女子的容貌与余美朱酷似,方程马上想到她就是余美琪。

"余小姐?余美琪?"他走到余美琪的身边,发现虽然容貌相似,但是余美琪脸色更加苍白,双眉微蹙,显得郁郁寡欢。

"是啊,请问你是哪一位?"余美琪问道。

方程微笑道:"太好了,美朱一直在找你,她很担心你呢!"

"美朱吗?"

一群人沿着石阶重新回到地面,此时救护车已经赶到,医护人员和警察在屋子里进出,江年的后脑勺被人用石头击打,所幸不是很严重,侥幸捡回一条性命。

"堂姐！"余美朱见到余美琪，激动地飞奔过去一把抱住她。

姐妹俩分开不过短短四天，却恍如隔世。通过对堂姐的追寻，她重新回顾了二十年前的事件。当时她仅仅两岁，对伯父的遭遇所知不多，此时重温往事，她不由得感叹世事之多变、人性之复杂、命运之诡奇。

余美琪微微一笑，"你终究还是来了。"

见到余美琪脖子上的伤痕，余美朱惊道："怎么回事？是谁干的？"

美朱的目光转移到另外几个人身上，她立刻认出一瘸一拐的冯欣，那个一脸不屑模样的年轻人是林若松，还有一个满脸愁苦的大妈，她手里拿着一把留有血迹的水果刀，料想就是她动的手。

为了避免麻烦，万缜主动说道："警察先生，底下……底下还有一具尸体。"

听到这句话，余美朱顿时想起高风亮对儿子的指控，他"担心"儿子会对其他人不利。

"他是恶魔之子，他有恶魔的天性。"

言犹在耳，余美朱看见高零的目光正深深地望着余美琪。

第二十六章　往事随风

第二十六章 分子間力

第二十六章 往事随风

2012年11月11日，下午三点五十分。

女子的身体已经很虚弱，她躺在病床上，出气多进气少，每呼出一口气，都觉得生命减少了一分。可是她的意识还很清醒，她知道她的时间所剩无多，但她还有一句真心话没有对儿子说。

她的儿子，她那可怜的儿子。

病房门被推开了，丈夫带着儿子走了进来。儿子见到她，双眼泛红，立刻扑倒在她的床边。

"风亮，让我同儿子单独说几句话好吗？"女子拿掉氧气面罩，用轻不可闻的声音哀求道。

高风亮迟疑了一下，他有些不明白两人相爱多年，历经波折，好不容易才能相守，妻子在弥留之际，竟似留有他不能知道的秘密。

"好，我先出去。"

他一步三回头地离开病房，将十三岁的儿子留在妻子身边。

"妈妈，你的身体会好的。"儿子呜咽道。

女子露出苦涩的微笑，她的心在颤抖，她多么想多陪伴儿子一会儿，可是恍惚间，死神仿佛已经在窗外守候。

"阿零，妈妈快不行了，但是妈妈有一件重要的事要告诉你。"

"妈妈，我不想听。等你康复后，你再慢慢告诉我好吗？"

女子喘了几口气，悲伤地说道："我这一辈子，亏欠了三个人。最最让我过意不去的，就是你的父亲。"

"爸爸很爱你呀。"

女子的眼神忽然变得专注，她盯着儿子，骨瘦如柴的右手猛然抓住儿子的手，沉声说道："我说的是你的亲生父亲！"

瞬间，高零只觉得头昏眼花。

一阵冷雨扑面，他收起思绪，转头望向躺在病床上的高风亮。这间病房本是双人病房，昨晚刚巧另一张病床上的病友出院，只留下高风亮。

见到儿子，高风亮露出极为迷惘的神色，怔怔地问道："阿零，你们去了哪里？爸爸昏迷了四天，醒来就在医院里，爸爸真的很担心很担心你们。"

在高零身后，其余数人鱼贯而入。当高风亮看到坐在轮椅上被推进来的江年时，脸色顿时变了。

"高先生，我从红外线监视器里看到你在地道里乱走，我好心把你带出来，你为什么要用石头砸我？"江年怒道，"我差那么一点点就被你砸死了！你到底是什么居心？"

高风亮冷冷道："我不知道你是敌是友，所以先发制人。"

"不是的，"高零凝视着他，眼中的情绪相当复杂，"你是想要把我打造成杀人犯！"

众人皆是一惊，只有陪在余美琪身边的方程和余美朱二人感觉他所说不错。

"你这孩子，是不是脑子有病？"高风亮怒道，"是在地下关傻了吗？"

高零的眼中泛着泪水，"你一直以为我是杀人犯肖伟强的孩子，所以你恨我。你去看心理医生，看起来是在缓解自身的心理压力，其实是找到了许多不正常心理的案例，想要用这些案例来影响我。"

"无稽之谈！"

"一年前，你在严思思的水杯里下药，这也是无稽之谈吗？"高零说道。

高风亮用一种不可思议的眼神看着儿子，"孩子，你不能信口开河啊，明明在严思思水杯中下药的人是你啊！"

"爸！这是我最后一次叫你爸爸。"高零郑重地说道，"一年前，你在严思思的水杯中下药，是想要我亲眼看见她的自杀，激发我内心的嗜血本性。是的，你始终相信我是恶魔之子，因此这一次，你在逃出地底之后，第一时间不是想办法来找我，而是想要杀死江年。因为只有这样，我们这群人就会被永留在地底。一段时间后，就算有人发现我们，那时我们估计也已经饿死了。"

高风亮冷笑道："你再怎么说，都不能摆脱你是杀人犯之子的事实！你的内心是嗜血的，只是还缺少触发你变成恶魔的条件！"

高零缓缓摇头，"你搞错了，那天妈妈告诉我的事实，与你猜测的完全不同。"

温暖孤寂的病房，行将就木的女人。

"孩子啊，妈妈很早就与你爸爸相爱，可惜得不到家人的认可。妈妈被迫嫁给另外一个人，并且与他生了一个女儿。十多年前，也就是1998年的7月，妈妈义无反顾地扔下那个男人和四岁的女儿，跟着你爸爸离去。但是让妈妈没想到的是，临走时，妈妈已经怀有一个月的身孕。"

高零的脸色变了，虽然他只有十三岁，但是他并不傻。

"我想，这一切都是我的报应。"女子每说一句话都要喘一口气，但是她意志坚决，精神反而亢奋起来。

"你现在应该也明白了，那个男人才是你的亲生父亲。在妈妈走后，他的精神状态有了很大的问题，而你的爸爸高风亮又……又落井下石，他在自己工作的报纸上以他为蓝本写了笑脸男的都市传说，这样羞辱他，很不好……"

女人突然感到呼吸困难，她戴上氧气罩，深深吸了几口气，又摘掉面罩继续说道："后来妈妈遭到杀人犯的折磨，这都是报应。只可惜你的亲生父亲他……他却因为一系列的误会和巧合，以及旁人的恶意而……而遭受到极大的不幸。"

回忆戛然而止，高零看到站在对面的余美琪双手掩面，肩膀在不断抽动。身旁余美朱轻拍她的肩膀，轻声安慰，但是说了不到一句话，她自己也流下了眼泪。

高零迎着高风亮呆若木鸡的模样，转而向严慈悦说道："阿姨，你之前问我，坐那班轻轨准备去哪里。我现在可以告诉你，我准备乘坐这班地铁到终点站，再换乘一辆短驳车，目的地就是我的亲生父亲——余伟雄的长眠之地。"

余美琪终于忍耐不住，夺门而出。

一直没有说话的张行善警官此时开口道："严思思小姐的案件，想要重新翻案的确并不容易。但是高先生，你意图杀害江年却是证据确凿。另外，我们警方检验过那具男尸，经鉴定，周瀚的死亡并无可疑，他的死因是心脏病突发。"

余美琪一口气奔到楼下，一只手扶着一棵大树，微微喘着气。此时此刻，她的内心波涛汹涌、五味杂陈，真是说不清是什么感受。

尤其当高零说起母亲吴淑筠的遗言，更是让余美琪难受得想要大喊大叫。

她恨吴淑筠吗？毋庸置疑。那么她还在怀念母亲吗？也毋庸置疑，但她不想承认。

"姐姐。"

不知何时，高零来到了她的身后。

难怪一见如故，难怪时时挂心，原来竟有血缘的牵绊。

"妈妈说她最对不起的人就是你和爸爸。"高零真挚地说道，"姐姐，我可能无家可归了，你愿意给我一次感受亲情的机会吗?"

余美琪凝视着他,高零长相酷似母亲。余美琪颤抖着伸手,轻轻抚摸他的脸颊。多么奇妙的命运,母亲将她离弃,却又再次赠予她一个最亲的亲人。

三天后,万缜抱着一个男孩跟随张行善警官走进会客室,第一眼就看到了郑永城。这些年来,他养尊处优,保养得很好,虽然已经年过四十,但是看起来和二十年前差别并不很大。

"郑先生,我们警方不负所托,终于为你找到了儿子。"

郑永城看起来并不是很高兴,一旁珠光宝气的郑太太刚刚想要起身,结果丈夫眼睛一瞪,她又坐了回去。

"你是哪一位?"郑永城看了一眼万缜,不明白张行善为何任由这个陌生男人抱着自己的儿子。

万缜将小男孩放了下来,温言说道:"爸爸来接你啦,快点过去吧!"

小男孩不动,反问道:"到底哪个才是我爸爸?"

郑永城脸色顿变,怒道:"什么意思啊?"

万缜淡淡地说道:"大约二十年前呢,本市有个富翁,他名下有好多套房产。这个富翁是旧式思想,家产必须由长子长孙继承。可惜他的长子很早过世,就留下一个年仅五岁的孙子。"

郑永城的脸色变了,他拉起男孩,转头对郑太太呵斥道:"还不走?坐着干什么?"

张行善警官站在门口,伸手将他拦住。

"郑先生,听一段故事再走嘛。"

万缜盯着他,继续说道:"富翁除了长子之外,还有两个女儿和一个幼子。那个幼子是个典型的纨绔子弟,整天就知道花钱如流水。当他得知大部分财产将由长孙继承的时候,顿时产生了一个卑鄙的想法。的确,只要长孙消失,富翁自然会将重心放在幼子的身上。"

郑永城不予理会,转身将后背对着他。

万缜也不以为意,"于是在1998年的10月,幼子设计故意让大嫂迟到,然后找了一个狐朋狗友去幼儿园接侄子。带走男孩后,狐朋狗友将他随便关在某个仓库里。那个仓库好黑,好黑啊!那个男孩在仓库里足足待了四天,就在他以为将要被黑暗吞噬的时候,一对路过的夫妇搭救了他。"

"顺理成章,那名幼子果然得到了富翁的重视。十年前,富翁的身体每况愈下,最为着紧后代的他提出了最后的要求。如果幼子能有一名男性后代,那么他将继承富翁的所有不动产,如若不然,富翁的所有财产将由三个子女平分。"

"很可惜,长期放纵的生活已经熬坏了幼子的身体,他根本生不出孩子。"

郑永城恶狠狠地瞪着万缜,如果不是张行善警官在场,他大概就要扑过去撕碎了他。

"但是金钱面前,谁能免俗?幼子找到了前女友,这位女友已经怀上了别人的孩子,对幼子而言,这样最好不过。于是,富翁立下遗嘱,绝大部分财产将由幼子继承。去年,富翁去世。幼子本打算开开心心继承遗产,谁料到他的两个姐姐不知从何处得知小孩的身世可疑,要求他做亲子鉴定。"

"如果小孩并非幼子亲生,那么富翁的遗嘱就要作废,财产将由三人平分。幼子太紧张了,谁会嫌弃钱多呢?更何况他是个只会花钱不会挣钱的二世祖。幼子被姐姐们告上法庭,要求做亲子鉴定。他又采用二十年前的法子,这一次,他与小孩的亲生父亲联手,只要争产官司打赢,他就会分一笔钱给对方,并且任由对方带走孩子。"

"闭嘴!"郑永城怒道,"你的故事很拙劣!我知道你是谁!你想怎么样?回来和我抢房产吗?算了吧,你有本事证明你的身份吗?"

张行善警官说道:"这个么……二十年前,郑遥失踪的时候,郑遥的母亲曾经提供过DNA样本,现在她虽然远在海外,但我们仍然可以根据这个样本进行对比,并且判定万缜先生就是当年的郑遥。"

郑永城索性双手一摊,"所以呢?然后呢?你不就是想要遗产吗?还是来追究我的责任?"

他又对着郑太太怒吼道:"你很烦,你真的很烦!我说过不要去拜祭那个男人,你去干吗?旧情难忘吗?现在这种情况，我那两个贪钱的姐姐肯定又要和我打官司！你滚！你给我滚，你带着你的小孩给我滚！"

郑太太吓得花容失色，那天她感念旧情，于是去章伟出事的地点献上一束花，不料被张行善警官撞见。张警官怀疑她与章伟有关系，经过调查，果然发现他们本是一对情侣。

接着顺藤摸瓜，张警官在章伟的老家，找到了不明所以的郑星宇。

根据郑星宇所说，当日她本要去玻璃柜找蛋糕，却看见郑永城站在厨房这里向他挥手，紧接着便将她从后门偷偷带走，直接将她带上车开往章伟的老家。前一日，章伟移动摄像头，造成小孩在店内莫名失踪的假象。

一切都是为了争遗产。

万缜笑了笑。他的父亲早逝，疼爱他的爷爷也死去了，母亲远在海外不知处，在他心底，他早就不姓郑了。

离开会客室，张行善警官问道："放弃这么大一笔遗产，不遗憾吗？"

万缜笑笑，"放弃我现在的生活，那才叫遗憾呢！"

（全文完）